Attese

Elena Loewenthal
Attese

ROMANZO
BOMPIANI

© 2004 RCS Libri S.p.A.
Via Mecenate 91 - 20138 Milano

ISBN 88-452-0116-3

I edizione Bompiani gennaio 2004

IV edizione Bompiani luglio 2004

"Tre cose io trovo mirabili,
Anzi quattro mai conoscerò.
La via dell'aquila addentro il cielo.
La via del serpente sopra la rupe.
La via della nave nel cuore del mare.
La via di un uomo in corpo di donna."
(*Proverbi, 30, 18-19*)

A voi, scavate da doglia di parto,
prima di me,
per me,
dopo di me.

È un pezzo di stoffa. Fibra di lino ruvida e poi, a poco a poco, sgualcita dal tempo che passa. Non ha colore, ombra e luce soltanto carpisce dalle mani che sfiorano, prendono, toccano, muovono. Un intreccio sottile ma robusto, trama e ordito infinite volte.

E il vento caldo del deserto che l'avvolge, sospira da un lembo che vola per aria, accarezza come in un gesto d'amore sorpreso.

E il freddo d'inverno che raggela ogni piega, dentro un armadio buio ad aspettare che tutto passi.

E la nebbia che pare umore di terra in pianura, fra le zolle gonfie d'acqua e un cielo smarritosi troppo in basso, lo intride. Di dolore e di speranza.

E un'acqua a mezza strada fra il dolce e il salmastro, torbida e pigra, che pure lo lascia galleggiare come sopra un limo gentile.

Aria

"Chi è quell'uomo?"

Sera rossa e un'ombra lontana, ma forse meno di quanto non sembri, che avanza dall'orizzonte dentro la terra con un'andatura appena ciondolante. Non per stanchezza, ma connaturata alla sagoma.

"È Isacco, il mio padrone. Colui che sta per diventare tuo sposo."

Rebecca sorrise, si voltò per un impercettibile momento, sorrise con gli occhi e non più soltanto con le labbra, prese il velo e si coprì. Aveva la faccia scura di sole e di viaggio, e mani piccole, ancor più bambine di lei.

Il cammello si issò faticosamente sulle quattro zampe, tremolando a lungo sulle ginocchia su cui s'era appoggiato per far scendere la ragazza. Nella terra secca rimasero due impronte infossate, e una figura di fumo nell'aria ancora trasparente del tramonto. Quando la voce di Rebecca tacque, le fece eco il tintinnio dei braccialetti alla caviglia, in uno slancio verso l'orizzonte, e la figura, e quel nome già udito tante volte, ma mai da lui.

L'aveva aspettato tanto: al pozzo la mattina e la sera, nel racconto ripetuto da Eliezer come per dare consistenza all'improbabile, durante il viaggio così lungo. Ora eccolo laggiù, ma vicino. Rebecca era sicura di quell'amore cieco, ma ancora inconsapevole, come della notte che viene dopo ogni giorno: Isacco non conosceva nulla di lei, né dell'esito di quel viaggio che suo padre aveva imposto al vecchio servo, con una cocciutaggine tanto inspiegabile quanto crudele. Perché andare così lontano per trovargli una moglie? E perché mandarci proprio quell'uomo anziano e fedele?

Isacco ignaro, Rebecca no. Per questo, forse, e non per nascondersi, lei prese il velo e si coprì appena l'ebbe scorto da lontano, quasi a perdita d'occhio. Telo di stoffa sgualcito dal cammino, tramato d'attesa e speranza, gesto d'istinto ma anche di cuore.

Eliezer la guardò brevemente e sorrise anche lui, dopo tanto tempo e tanta strada. Il velo appariva incolore nella luce morente del giorno, suggeriva i tratti del viso, rischiarava l'incarnato scuro sotto la stoffa. Fu quella la prima cosa che Isacco notò, come una chiazza diafana dentro il muto spessore dell'oriente, dove era già più notte che sotto i suoi piedi. Quel giorno era stato al pozzo di Lacha Roi insieme ai pastori, e dopo aveva vagato a lungo per la campagna, da solo. Soltanto così sentiva sciogliersi quella specie di paura che in un tempo del passato gli era entrata dentro e non usciva più, e si stemperava solo a volte, liquida e non grumosa nelle vene e nel sangue, un surrogato di quella memoria che gli sembrava di non avere mai posseduto. Anziché ricordare quel giorno di fascine di legno e salita al monte insieme a suo padre Abramo, Isacco tremava.

Invece, in quella sera di rosso fuoco e nero già pesto nella macchia più chiara che gli veniva incontro da oriente,

Isacco non trovò né la paura né la memoria perduta. Capì che anche lui la stava aspettando.

A Nacor, le donne uscivano al tramonto. In quella che si chiamava proprio "l'ora di quando le donne vanno ad attingere l'acqua". Eliezer si fermò – vicino, ma non troppo. Dietro di lui, uno dopo l'altro, si arrestarono i dieci cammelli: c'era più lentezza nel loro passo che in quel riposo conquistato dopo un lungo gesto, piegati sulle ginocchia, con uno sbuffo che non sembrava finire più. Il vecchio servo si accovacciò, seminascosto fra una gobba e un collo: era una specie di scommessa, la sua, inventata durante il cammino per scacciare la noia di un paesaggio sempre uguale. Perché Abramo l'aveva mandato così lontano? E con quel comando oscuro: "Trova una moglie per mio figlio Isacco, che venga da laggiù e arrivi insieme a te. Non sia mai che mio figlio veda il luogo da cui sono giunto, se non dentro gli occhi della donna che tu sceglierai per lui!"
Come si fa a scegliere una donna che non conosci per un ragazzo così taciturno? Chiuso come una noce, e che aspetta soltanto il momento di poter stare da solo nei campi? Che guarda tutto come da una lontananza familiare soltanto a lui? Questo aveva pensato Eliezer durante tutti quei giorni di cammino, verso la terra da cui tanti anni prima Abramo era partito – e continuava a pensarlo anche adesso che era nascosto fra il giallo dei cammelli e quello della terra. Precario conforto era quella scommessa che aveva fatto con se stesso: "Quando arriverò, la prima giovane donna che acconsentirà ad abbassare la sua brocca per concedermi di bere sarà quella che porterò a Isacco."

11

Questo avvenne, come l'aveva immaginato: voci di ragazze, frusciare di stoffe spesse. Eccole, non in fila ma in gruppetto, con gli otri appoggiati sulla spalla o sopra la testa nuda. Rebecca scese al pozzo fra le prime e, mentre risaliva, Eliezer quasi le corse incontro, perché aveva scelto proprio lei. Le braccia disegnarono un giro nell'aria ferma, insieme alla terracotta che gorgogliava di acqua piena; poi due vecchie mani si congiunsero e la bocca dell'orcio le sfiorò lentamente, versando. Mentre Eliezer si dissetava, quella ragazza di cui ancora non conosceva il nome si precipitò a riempire l'abbeveratoio dei cammelli; poi tornò al pozzo, lesta, inafferrabile. Il servo la contemplava in silenzio.

Il mattino dopo, con l'ultima stella dimenticata dal buio, il vecchio e la quasi-bambina s'incamminarono a dorso di cammello, insieme alle serve e alla balia che l'aveva vista nascere. Era una carovana più colorata e meno taciturna di quella giunta appena il giorno prima, dove lo sbuffo degli animali annoiati forse seguiva forse contrastava il tintinnio al naso, al polso e alla caviglia di Rebecca.

"Voglio partire subito," aveva dichiarato lei, di fronte alla prudenza della madre e del fratello. "Andrò!" aggiunse, animata da una fretta curiosa, ma anche da qualcosa di assai più profondo dell'incoscienza. Capì che lo stava aspettando: da ogni tramonto in cui era andata ad attingere l'acqua, da ogni silenzioso gesto di polso e caviglia perché nessun pegno d'uomo ancora tintinnava. E quel pensiero d'attesa, nutrito ogni giorno senza che se ne fosse mai accorta, cantò lungo tutto il viaggio, fra passaggi di torrenti asciutti e valichi di monti, attraversando pianure coltivate e pascoli di capre smunte. Cammina cammina, e

12

aspetta aspetta. Eliezer parlava poco: un po' era la gioia di tornare a casa con lei, un po' l'ansia di una storia ancora da cominciare. Fatica troppo grande, forse, per un vecchio servo fedele.

"Com'è? Lungo o corto? Cammina scalzo o porta i sandali?" Ogni sera di quelle settimane, Rebecca ripeteva le stesse domande secondo un ordine fisso, immutabile. Seduti davanti al piccolo fuoco di fronte alla tenda, dentro la quale soltanto lei, dopo, si sarebbe ritirata per dormire.

"È bello? Gentile?" incalzava Rebecca dietro alle risposte evasive del vecchio Eliezer; per lo più, lui alzava le spalle e le sorrideva con una specie di anziana tenerezza che diveniva affetto ogni sera di cammino che passava. La balia di Rebecca stava in disparte, imbronciata da quel legame troppo repentino.

Rebecca non si guardò mai indietro. Nemmeno una volta. Dopo quell'"Andrò!" pronunciato quasi sottovoce ma con decisione inappellabile, non si era più guardata indietro: sino a quel momento la vita era stata soltanto un filo di attesa, come il fiato che si raccoglie prima di articolare una sillaba. Ogni tanto, ripensava all'ultima volta in cui era stata al pozzo, e alla voce di Eliezer che le chiedeva un po' d'acqua, al suo gesto quand'era tornata al pozzo per attingerla, all'orcio chinato per versare. Ma tutto si fermava lì, in quell'ora di tramonto. Poi c'era il viaggio. Lungo, che pareva non finire più, come un nodo stretto in quel filo che la legava a Isacco sin da quando era venuta al mondo, e durante il quale aveva aspettato, da allora in poi. Lunghe quelle giornate di cammino, radi gli incontri sulla strada, monotono il paesaggio, e quando non lo era significava salite faticose e discese arrischiate, fiumiciattoli da guadare. Eppure Rebecca non pensava mai a ciò che si era lasciata dietro, perché l'indietro era soltanto il capo di un filo aggrovigliato intorno all'altro: quello da cui cominciare a tessere.

Rebecca non chiese mai a Eliezer: "Quanto tempo ancora?" Nel buio della prima notte, pronunciò tante domande, e altrettante ne ripeté ogni sera, come per dormire più tranquilla, dopo. No, non chiese mai: "Quanto durerà ancora questo cammino?", forse perché aveva capito che quei giorni d'attesa non si sarebbero mai più ripetuti – e, chiedendo, li avrebbe guastati per sempre: voleva arrivare a quel "domani" sapendolo già presente, ascoltava in ogni passo la propria pazienza tintinnare alla caviglia.

Un giorno, incontrarono un immenso gregge di pecore – sembrava non finire più –, e dietro un uomo soltanto, con un lungo coltello inguainato alla cintola. A Rebecca parve un'illusione di vicinanza, che subito si dissipò. Non era lui, e non erano più vicini di prima alla fine di quel viaggio: sì, la strada già percorsa non pareva un lento farsi prossimi alla meta, ma quasi un vagare confuso, dentro il quale prima o poi – ma chissà quando – sarebbero arrivati – ma chissà quanto lontani o vicini dal luogo di partenza.

Eliezer parlava poco. Quel tragitto insieme alla quasi-bambina lo prese come un tardivo regalo prima del congedo definitivo, come un pezzo di libertà che non avrebbe saputo nemmeno immaginarsi, prima di partire. E respirarle così vicino, la sera al primo buio, intorno al fuoco e durante le sue domande su Isacco, era un premio che sapeva di non meritare. O forse sì. Continuava a pensare a quel mistero racchiuso nel suo "Andrò!": che

...itava nel suo
... lei dentro la
... fuori a far la
...to. I cammel-
...il fiato umido

...za che Rebecca,
...Ma erano giorni
...mattinata, si vol-
...zione che Rebec-
...ente: "Non siamo

..., lontana.
...o non da molto, so-
...e coltivate, qualche
...rizzonte, punti bian-
...schiacciate in cima e
...di deserto: era diven-
...a. E qualcos'altro di
ignoto, ma ... aria come pulviscolo in
controluce: un odore di sale ... ura, di acqua non attin-
ta in fondo a un pozzo, ma molto, molto più grande. Rebecca non era stata mai così vicina al mare, e l'aveva sentito senza sapere che cosa fosse – era come l'eco delle parole di Eliezer: "Non siamo lontani!"

I cammelli sembravano ignorare quella certezza: lento il
passo, come sempre.

Anche il sole era lento, quel giorno. Poi arrivò in capo al
cielo: il caldo, su in groppa, divenne un torpore ciondolante. Mezzo sveglia, Rebecca vide una palma quasi sola, a

qualche passo di distanza. Intorno a quella, arbusti scomposti e forse un sentore d'acqua.

"Fermiamoci un poco, ho voglia di ombra," disse, "e sono stanca."

Sognò per la prima volta da quando era partita, e le pareva un'eternità. Sognò sotto il sole torrido, il volto segnato dall'ombra lanceolata della palma, lassù in alto. Sognò dentro un silenzio su cui Eliezer vigilò come se fosse stato il bene più prezioso. Sognò, ma non disse a nessuno quel che aveva sognato. Si svegliò, chiese dell'acqua per lavarsi la faccia e risalì sul cammello. Sembrava ancor più minuta di prima, come se il viaggio l'avesse rimpicciolita: 'Una quasi-bambina da tenere in braccio,' pensò Eliezer, 'chissà che cosa ne dirà il mio padrone di questa sposa così piccola.' Ma svelta e forte, persino, come quando aveva attinto l'acqua, più volte freneticamente. E scura: forse troppo scura? 'Ha due occhi color del buio, la carnagione tinta nell'uva lasciata appassire sopra i tralci, invece che raccolta in tempo. Dovrò spiegare al mio padrone che è stato il sole del viaggio, sono state le fatiche di un cammino che sembrava non finire più; è la polvere che ha addosso...' pensava il servo con un'apprensione passeggera, guardando Rebecca mentre scendeva dal cammello, perché aveva voglia di camminare.

Qualche passo appena e, con uno slancio che pareva munito d'ali, la quasi-bambina scura di viaggio tornò in groppa all'animale.

Non scese più sinché tutto non divenne ombra di una realtà ritagliata dall'ultima luce. Isacco macinava l'abituale solitudine a spasso per i campi; poi s'accorse che tutt'intorno a sé non c'era più consistenza, se non nel profilo piatto delle cose che viene appena prima del buio. E s'accinse al ritorno. Lento, come al solito: la sua solitudine si sgranava sotto i piedi, scalzi, un passo nella polvere dopo l'altro.

Non c'era modo di vederlo, in quell'ora della sera. Non aveva più colori né timbri di suono. Una sagoma ritagliata nell'ultima luce, quando il sole era già colato alle sue spalle. Isacco andava lento incontro al buio.

Rebecca avanzava verso l'occidente, a dorso di cammello. Lei cercava qualcosa che aspettava da tempo, lui forse no. Nessun incrocio di sguardi, soltanto una macchia vaga, sul filo dell'orizzonte ondulato di colline – una chiazza che Rebecca vide e Isacco era, senza vederla. Rebecca affondava già dentro il buio, del resto: non avrebbe potuto scorgerla, anche l'avesse cercata. Ma lui non cercava: in quel momento, stava solo centellinando i suoi ultimi attimi di solitudine.

"Chi è quell'uomo?" domandò Rebecca, protendendosi leggermente in avanti verso il collo del cammello, come per focalizzare meglio l'immagine indistinguibile.

Eliezer si voltò di scatto verso di lei. Camminava qualche passo avanti, come per difendere la sua piccola carovana di donne e cammelli. Pochi i bagagli: la quasi-bambina aveva voluto con sé un corredo leggero, niente ricordi, e le provviste se n'erano andate giorno dopo giorno. Il vecchio servo guardò ancora una volta quel viso e quel corpo minuscolo, quasi nascosto in groppa all'animale: lo osservò come un padre beato pur nello strazio, quando affida una figlia, e ripensò a quando l'aveva vista per la prima volta e gli era parso di averla avuta da sempre di fronte agli occhi, incisa nel cuore dalla testa ai piedi, dalla

17

punta delle dita a quella dei capelli – e un solo ciclo di luna era passato da quel giorno.

Poi guardò davanti a sé, verso l'orizzonte di ponente, le ultimi propaggini di luce trasparente. Erano arrivati, dunque. Quel viaggio finiva, e non gli pareva più vero nulla: né i giorni di cammino, né Isacco in lontananza a dirgli che erano arrivati – tutto era un sogno obliquo, strampalato.

Per un attimo, Eliezer s'immaginò di agguantare il cammello per le narici e tornare indietro, anzi correre il più lontano possibile – altrove. Lui e la quasi-bambina: avrebbero potuto perdersi nel deserto. Ma scacciò subito quel pensiero, che era soltanto paterno, e forse per questo ancora più scabroso: la quasi-bambina non era sua, ma nemmeno di Labano, il fratello che avrebbe voluto farla partire con maggiore prudenza. Non era nemmeno ancora di Isacco, ignaro sposo avido di solitudine. Apparteneva a se stessa, e basta, come quando era corsa ad attingere l'acqua per lui, sconosciuto e palesemente straniero. Nessun'altra ragazza al pozzo avrebbe osato fare lo stesso, e con quello slancio.

"Chi è quell'uomo?"

Eliezer abbandonò il pensiero di Rebecca e fissò a lungo l'orizzonte, come per cercare di capire, di leggere quel contorno di ombra dentro l'ultima luce. Non era il dubbio a tenerlo in sospeso, aggrappato al silenzio, ma l'ansia di sapere che tutto stava per finire, perché quell'uomo era Isacco: non poteva essere altri. Non fu l'incertezza a trattenere la risposta, bensì una paura d'anziano, paura di solitudine e d'addio.

Dopo un istante che parve infinito, Eliezer prese fiato e rispose. Con una voce piatta, come non aveva mai avuto.

Poi si fermò e si fece impercettibilmente da parte, sulla strada, per lasciar andare avanti il cammello di Rebecca. Isacco veniva loro incontro come se si muovesse in equilibrio sopra un filo invisibile, perfettamente diritto; ora dal buio si staccò il cammello di Rebecca, ed egli l'intravide. Ma prima che potesse distinguere nell'immagine impregnata di buio la figura minuta della ragazza da quella goffa e massiccia del cammello – tutto era ancora un grumo scuro –, successe.

Rebecca si fermò e, nell'aria densa d'estate che sa di deserto, mare e campi coltivati, ecco un primo disegno: un arco lento che sale e poi scende. Il cammello che porge la quasi-bambina alla terra, alla stregua di un dono. Un piccolo arabesco che ora scatta come azionato da una molla: è lei che ricompone la postura, drizza le spalle, si guarda intorno per riconquistare l'orientamento.

E poi l'ultimo disegno: un mosaico di tempo e struggimento, di amore atteso e altro ancora da venire, di spasimo e pazienza, di candore e seduzione – il tessuto che scende dal capo s'alza guidato da due dita, e poi una carezza all'aria, un impercettibile fruscio. Non è un'onda, quello strascico di tessuto che Rebecca si porta davanti al viso, ma uno sciame di trama, una trama di desideri e speranze. Si aggiusta il velo sul volto, fin sopra il naso e a coprire metà della fronte. Pizzica il lembo dietro la nuca e intanto sorride, la quasi-bambina.

Isacco colse quel gesto da lontano: vide soltanto il tessuto scivolare per un attimo nell'aria opaca di appena prima che sia notte. Continuò a camminare con lo stesso passo lento verso la macchia di penombra nell'ombra, senza staccare lo sguardo. Poi udì la voce del servo Eliezer risalire dalle settimane di assenza, da quella terra distante che suo padre gli aveva proibito di calpestare: "Eliezer andrà a prendere una moglie per Isacco nella terra da cui sono venuto, tanti anni fa. Non voglio che mio figlio vada laggiù: l'ansia del suo ritorno mi peserebbe troppo." E dopo la voce, il calpestio degli zoccoli, il lamento del bastone contro il suolo secco. E dopo il respiro familiare del servo, il tintinnio dell'ombra intorno a quel volo di tessuto che era stato un disegno nell'aria. E dopo, dopo e prima di tutto, gli occhi di lei circondati da quel corpo minuto, con quelle mani che non si faticava a immaginare, appena visti gli occhi.

Gli occhi, soltanto quelli, vide Isacco. Non gli zigomi che spuntavano dal velo, né il piccolo affossamento fra loro; non le piccole curve disegnate fra le due sopracciglia, né il calco delle minuscole rughe dagli angoli verso le tempie – non c'erano ancora in quel viso di quasi-bambina, ma come un segno premonitore già le suggeriva ogni volta che strizzava le palpebre per vedere meglio sotto il sole a picco o nell'ora vaga che viene dopo il tramonto e prima della notte. Non il colore scuro della pelle, né quello lucido dei capelli; non il rosa tenue sotto le unghie delle mani, né il bianco sporco del palmo.

Rebecca si fermò, senza abbassare lo sguardo. Isacco fissò Eliezer con una specie di interrogazione che fu presto braccia al collo. La quasi-bambina rimase in disparte, ma senza nostalgia e nemmeno memoria: sapeva che quell'effusione era una specie di congedo, anziché un ritorno. Poi entrò con Isacco nella tenda che era stata di Sara e divenne sua per sempre.

La mattina dopo, il velo sventolava impigliato in una corda tesa, animato dalla brezza di prima che salga il sole.

Adesso era l'odore denso dell'estate, quando l'aria è impregnata di una nostalgia per altre vite ancora da vivere. Persino lassù, a Timna, dove il sole pare più vicino eppure sfiora i contorni del deserto, invece di aggredirli con una calura insopportabile. Là, l'estate è trasparente, non impregna la pelle di un sudore acido e appiccicoso, e un vento quasi immobile fa dondolare i fiocchi di lana in controluce, prima di depositarli sopra i sassi e gli arbusti rinsecchiti. Qualche palma bassa guarda compita la scena: uno sciamare di pecore rassegnate che forse belano o forse cantano, affaticate; a una a una, sono agguantate da quell'onda, riverse sul terreno con un gesto brusco – ed ecco la lama che passa, l'aria che si sporca come di un fieno riccio: è breve il momento, poi l'animale di nuovo si leva sulle zampe malferme e torna al gregge. Subito dopo tocca a un altro, scelto a caso da un paio di mani cieche e leste, ansiose di lavoro.

La tosatura delle pecore era la consolazione di Giuda, quell'anno. Aveva perso la moglie, uno di quei giorni in cui nel cielo stentano le ultime piogge dell'inverno, con un colpo di tosse venuto dal punto sbagliato della gola: l'aveva persa in un istante rapido come quello della lama che passa sopra il vello, conoscendo la propria strada, e anche la pecora sa che non le farà nemmeno un graffio. La morte di Sua l'aveva lasciato stanco, più che solo. Non sembrava una condanna, come quella che gli aveva strappato

21

i primi due figli, ormai già grandi e capaci di generare, se solo avessero voluto.

Quando seppe che Giuda sarebbe salito a Timna per tosare le pecore, anche quell'anno e malgrado tutto, Tamar andò all'ingresso di Enaim. Non l'aveva più visto dal giorno in cui lui l'aveva rimandata a casa dei suoi genitori. Aveva gli occhi bassi, allora, e persino più dolci del solito: lasciavano due lacrime d'ombra sul suolo, gelide.

"Torna a casa, Tamar. Per marito ti darò Sela, l'ultimo figlio che mi rimane. Ma prima deve crescere, è poco più che un bambino. Torna a casa, Tamar, indossa la tua veste vedovile ancora per qualche tempo. E aspetta."

Così erano rimasti soli: lei vedova due volte di due mariti giovanetti, lui padre orbato di un figlio dopo l'altro – prima Er, poi Onan. Di Sela era diventato un po' geloso, eppure voleva bene a quella nuora che non aveva avuto tempo di covare nostalgie o rimpianti, ma solo smarrimento. E attesa.

"Torna a casa, Tamar. E aspetta."

Tamar era alta, forse troppo, e aveva piedi sottili che respiravano al contatto con la terra, con i sassi freddi la mattina e troppo caldi la sera ancora a lungo dopo il tramonto e in quell'ora sgomenta in cui tutto è già nero di notte e le stelle provano invano a squarciare la coltre di buio – la terra è più calda che mai, in quell'ora. Così Tamar non calzava nulla: amava sentire la terra fiatare sotto di sé, e respirava camminando per i sentieri e le chiazze di deserto, i viottoli del villaggio dov'era nata e dove Giuda l'aveva rimandata, vedova due volte. Forse era troppo magra per portare dei figli, chissà, sottile come un giunco e lenta nel moto, perché con i piedi nudi ogni

passo, ogni gesto persino, va conquistato con l'equilibrio. Aveva due occhi neri eppure d'acqua, non profondi eppure trasparenti, e una bocca taciturna ma troppo
bella, che rispondeva soltanto ai piedi sotto di sé. Quando Giuda l'aveva rimandata a casa, le labbra si erano
sfiorate appena, per un istante impercettibile, forse per
soffocare una lacrima, forse no.

Ma quando Tamar seppe che Giuda sarebbe salito a tosare le pecore a Timna benché avesse perduto da poco
Sua, le labbra si schiusero, insieme a un pensiero. Quella
mattina lasciò molto presto la casa di suo padre: il suolo
era ancora gelido di notte, e ogni passo era come un sonno per i piedi, invece di un risveglio.

"Tamar, dove vai?" disse una vocina stridula, seguendo-
la fin oltre la curva del sentiero, ormai fuori dal villaggio.
Ioctan aveva il sonno fiacco dei bambini irrequieti in quel-
l'ora che viene appena prima dell'alba, con la calura già
sospesa nell'aria: aveva sentito qualcosa tintinnare oltre la
porta e, pur senza vedere nulla, era certo che fossero le ca-
viglie di Tamar. Il tempo di uno sbadiglio, e la giovane era
soltanto un lembo di stoffa lungo la strada, molle nel vento che mancava. Nell'udire quel richiamo, la figura scura
si voltò e, con un dito sulle labbra, intimò un silenzio che
solo lei sentì, ma che pure vibrò fino al bambino, accom-
pagnato da una falena moribonda. Ioctan tornò al suo gia-
ciglio, indeciso fra un sogno e un congedo.

Tamar andava di fretta, questa volta. L'aria del giorno
saliva insieme a lei su per il sentiero. I piedi urtavano il
suolo: pietra di calcare, qualche zolla più friabile, vene di
rame, spine smussate dal vento e dall'afa del giorno. Il sole s'inerpicava insieme a lei, ma era ancora celato dalle al-

ture di un deserto lontano, da monti diafani dove la vegetazione appariva già stremata nell'attesa del caldo. Non incontrò ancora nessuno per strada: né pecore guidate da un istinto domestico, né pastorelli imbrattati di polvere e fame mattutina. Era troppo presto persino per loro, e la sua via non era quella di un pozzo, dove le donne spuntavano prima degli animali con la loro fatica addosso. La penombra di quell'ora precoce assottigliava i contorni di tutto: dal paesaggio più remoto oltre un orizzonte appena immaginato all'albero solitario, laggiù ma vicino, arroccato su una duna di sassi, immobile da sempre, fin dentro il cuore di Tamar, sottile e leggero come non era da tempo.

Enaim era un grappolo di tende scure e cataste di sassi dalla parvenza di mura. Da lì, il sentiero s'inerpicava verso Timna, le pecore sbuffavano e i bastoni cercavano un appiglio nel suolo, per salire verso l'aria un poco più rarefatta della cima, forse già cristallina: a Timna la calura era limpida, non più miasmi d'estate. Quando Tamar giunse in prossimità di Enaim, un soffio di brezza smuoveva le tende; una capra smarrita le scese incontro, facendo schioccare i ciottoli sotto le zampe. A parte quelle zampe, pareva non esserci niente e nessuno sotto il riparo e dentro le poche, anguste stanze. Enaim era un luogo di passaggio, soltanto un posto dove fermarsi un attimo prima che il sentiero disegnasse la curva che saliva insieme al monte, e dove tornare a riposare qualche ora dopo, con i fasci leggeri di lana calda.

La capra si scostò verso il ciglio del viottolo con un abbozzo di belato, e lasciò passare Tamar. Le due ombre si sfiorarono: la coda ritta dal pelo ruvido e un lembo della veste, proprio lo stesso che le ultime stelle avevano visto insieme a Ioctan prima dell'alba. Ma questa volta la giovane donna non si voltò, perché la sua meta era ormai troppo vicina per perderla d'occhio anche solo un momento. Il grappolo di Enaim la guardava insieme alla prima vera luce: non penombra o figura di notte, né fuoco fatuo sulla linea dell'oriente. Solo un fruscio marcò l'incontro fra l'una e altra viandante – un brivido di pelo e uno di stoffa, ruvidi entrambi.

Con uno scatto che pareva un balzo, Tamar abbandonò il sentiero e la salita verso Timna. Il gesto fu uno slancio breve, praticato senza distogliere gli occhi dal suolo freddo, solo serrando un poco più stretto il molle fagotto che teneva sotto il braccio destro. Era arrivata. Prima di chiunque altro. Prima delle pecore con i pastori. Prima delle mani esperte con la lama curva appena affilata. Prima delle voci di sempre, dei belati scomposti. Prima di una luce del giorno che l'avrebbe trovata diversa.

Lunga e sottile, Tamar guardò il muro della prima casa, quasi sul ciglio del viottolo. Con un piede scostò una pietra troppo a punta; poi si fermò, il volto verso le pietre a secco. Il fagotto sotto il braccio destro scivolò verso terra, liberato da un gesto di seduzione solitaria: appena prima che il tessuto sfiorasse il suolo, precipitando come un corpo esangue, tre dita lo trattennero. Ora l'altra mano si tese dietro la schiena, spinta da una muta offerta. Fu in quell'istante senza fiato che tutte e due le mani, ma con tre dita appena, presero la stoffa. Sotto i piedi di Tamar, il freddo suolo della notte divenne una vampata rossa: nella pietra morta vibrò un nervo, un'eco sospirò dal seno di lei, giù lungo il pendio, rovinando come una cascata di sassi dopo un inciampo.

Il velo passò sopra il capo di Tamar e poi s'adagiò sul volto, lasciando scoperti gli occhi, una striscia di fronte e un accenno degli zigomi alti. La giovane donna prese le due estremità del velo e le rimboccò verso la nuca con una destrezza leggermente irrequieta, accattivante; poi scostò la caduta del velo come se fosse la lunga chioma che non aveva. Ecco!

Ecco i colori negati dalla notte e dall'aurora. Il verde disperato degli occhi, fuori dal velo. Il rosa immaginato delle guance, il bianco dei denti in un raro sorriso. La tinta scura ma indefinibile dei piedi sempre scalzi, assorbita dalla terra del deserto. Il bruno sgualcito della tunica. La coloritura incolore del velo, che rifletteva la luce prima d'averla assorbita, eppure restava opaco.

Velata, Tamar si sedette con la schiena appoggiata al muro della casa, avvicinando le gambe quel tanto da poter abbracciare le ginocchia. Il gesto che poco prima aveva sollevato il velo come in un frullo d'ali notturno ora si chiuse, stringendo la tunica contro il corpo, per nascondere i piedi. Lo sguardo, invece, fece uno sforzo immenso, per drizzarsi contro l'orizzonte.

'Eccolo,' pensò – o forse disse – Tamar, quando il sole fece capolino. Giuda veniva da solo, come a celebrare un'ultima propaggine del lutto. Era bello e forte assai più dei due figli morti che le aveva dato in sposi, uno dopo l'altro. Tamar sentì gli occhi bagnarsi: non per rabbia, ma per un languore che credeva dimenticato. O forse era il sole, già cattivo.

Non sapeva se Giuda si sarebbe fermato da lei. Ora o chissà, già stanco sulla via del ritorno. Non sapeva se l'avrebbe riconosciuta, e s'augurava che non succedesse: sollevò ancora il mento e rimboccò di nuovo il velo, liberando la stretta alle ginocchia. Ma non si alzò in piedi – il comune gesto di richiamo delle meretrici.

Fu proprio quell'adescamento timido a catturare lo sguardo dell'uomo. Per la prima volta da quando Sua non c'era più, qualcosa prese a cantare dentro le sue vene. Quella donna sulla strada era giovane, così dicevano i suoi colori, dal piede scoperto sino all'attaccatura dei capelli che il velo lasciava appena indovinare.

"Verrò da te, se sia." Timide almeno quanto Tamar addossata al muro furono le parole di Giuda, che la credeva una prostituta. Parole a fior di labbra, lievi come il primo bacio che non vuole ancora penetrare. Forse anch'egli aveva dimenticato ogni furore: era ormai il dolore della vedovanza, una nostalgia appannata da dietro la quale non aveva riconosciuto Tamar nella meretrice sulla strada per Enaim.

E fu tutto breve: un sussurro, uno spasimo, una mano che cerca di svelare l'orecchio nascosto e un'altra che stringe e ferma e tace. E così tacque anche quel bisbiglio d'amore di Giuda, e subito dopo tutto finì con uno scambio di parole diverse, già incastonato in quel concepimento di cui l'uno era ignaro, mentre l'altra aveva cercato in quell'incontro, per obbedire alla stirpe e alla sua sete di madre.

Ancora un tratto di sentiero lo separava dalla cima e dal piccolo altopiano, dove alcune pecore già attendevano, e intanto Tamar trottava giù per la discesa a piedi scalzi, il velo libero di seguire il respiro del vento, leggero. Fu l'ultima cosa che vide di lei: un lembo di stoffa che si muoveva nella brezza. Non avrebbe saputo come richiamarla indietro. E che cosa avrebbe potuto dirle, in fondo? 'Non conosco neppure il suo nome,' si disse Giuda, che intanto ripensava a quell'istante strano in cui stava per arrivare al suo orecchio – chissà se per un bacio profondo che le labbra gli avevano negato, chissà se per un bisbiglio – e lei gli aveva preso la mano, fermando il gesto con dolcezza.

Quel corpo e quegli occhi avevano qualcosa di ignoto e, nel contempo, di tremendamente familiare – il resto era velo. "Chi è quella donna?" domandava la carne di Giuda ancora scossa, chiedeva la lama nel fodero, dondolando insieme ai passi su per l'ultima salita. Si girò con lo sguardo una volta soltanto, lungo il sentiero, trovando il velo che danzava intorno alla figura di lei, insieme al vento leggero e all'andatura più lesta del solito, già distante.

Fuoco

Le ultime foglie accartocciate s'aggrappavano ai platani; le altre erano ormai una coperta secca sulla terra che scricchiolava al più tenue contatto, colori che si spegnevano a vista d'occhio – ma prima di sparire era ancora la fiammata di un momento. D'autunno, il buio viene presto.

"Ho freddo," disse Bianca, con un filo di voce. Sotto la gonna ampia, la mantella spessa di lana, il cappello, gli stivaletti a punta, s'intravedeva un tremore che era come il vibrare di una corda vocale.

Nessuno le badò. Come se Bianca non esistesse. Passò qualche istante di silenzio, e Claudia, che era molto più alta e robusta di lei, sibilò, senza quasi muovere le labbra sottili eppure già quasi sensuali: "Bianca ha freddo. Bianca è stanca!"

Lidia, Itala, Cesira e Tullio si guardarono nel modo più impercettibile possibile: il ragazzino sollevò distrattamente gli occhi verso il lampione acceso e, in quel rapido movimento, incrociò le sopracciglia nere e folte di Cesira, apparentemente impassibile, se non fosse stato per il braccio che lento andava verso il fianco della sorella più grande, Itala, che intanto scambiava una specie di smorfia di sorriso con Lidia, la primogenita. Il tremore di Bianca arrivò sino a Claudia che, come al solito, stava lontana, dalla parte opposta, sempre il più lontano possibile: l'una da quel sarcasmo inguaribile, forse cattivo forse no, ma sempre pronto a scattare; l'altra dal carattere malfermo, tanto timido quanto permaloso. Erano vicine per età, le due più piccole (solo Tullio veniva dopo), eppure così distanti, quasi a proteggersi da una vicendevole allergia.

Ma forse questa volta Bianca, che come al solito si trovava dalla parte opposta di Claudia, non aveva sentito. Chiusa nei propri timori, era spesso distratta da ciò che le stava intorno, e ora appariva intenta ad ascoltare il proprio tremore: a tredici anni, puoi persino pensare che ne morirai, di quel primo freddo d'autunno, mentre c'è ancora qualche foglia gialla aggrappata ai rami dei platani, lungo i viali della città.

Questa volta, per fortuna, nemmeno il padre di Lidia, Itala, Cesira, Claudia, Bianca e Tullio, s'era accorto di ciò che era passato lungo la schiera di mantelle, gonne, stivaletti, e di un unico paio di braghe. Voltava loro le spalle ben erette, e guardava dinanzi a sé, con una trepidazione che non avrebbe mai ammesso.

Il teatro era ancora quasi deserto; la luce dei lampioni spioveva invano sull'ingresso. Vitta arrivava sempre troppo presto alla prima del Regio, perché anche questo faceva parte del rito: soffrire un poco in quell'attesa, per poi raccontarla, quasi per trattenerla, come se anche l'aspettazione facesse parte del divertimento. Poco fuori dal fascio di luce passava ancora qualcuno, che fermava per un istante lo sguardo su quello strano gruppetto: cinque ragazze, tutte piuttosto belle, seppure ciascuna a modo suo – alte e basse, troppo esili o robuste, occhi celesti e occhi bruni –, e un bambino o poco più dall'aria sperduta. E tutti in fila impettita. Davanti a loro, girato di spalle, un uomo che probabilmente non aveva ancora cinquant'anni, e che sembrava quasi tentato da un'illusione di estraneità al gruppo, minata da tutto ciò che aveva trasmesso ai suoi sei figli e che saltava all'occhio anche al passante più frettoloso. Una bellezza indecifrabile, che ciascuno di loro aveva liberamente interpretato: nel portamento impettito, nel naso perfetto, negli occhi fluidi, erotici, nelle mani lunghe. Vitta non aveva ancora trasmesso ai suoi figli solo le rughe profonde sulla fronte e nello spazio tra gli occhi e le tempie, ma qualcosa già le annunciava sul viso di Bianca, Claudia, Cesira – mentre la cosa più bella di Lidia era già e sarebbe rimasta la pelle, tesa e piena di luce fin nell'estrema vecchiaia. Nessun presagio di invecchiamento compariva invece sul viso di Tullio e Itala, come a spiegare sin d'ora che sarebbero morti troppo presto.

"Pazientate, per favore, non manca più molto!" disse – o forse ordinò – il padre, voltatosi di scatto. Bianca si appoggiò a una colonna dei portici, sapendo che non avrebbe tratto calore, ma ora era anche stanca. Avrebbe preferito restare a casa con *Maman*, invece di andare a vedere l'ingresso alla prima del Regio, come l'anno precedente e quello prima ancora. Ma non si poteva discutere, e poi c'era il rischio di passare per matti a mettere a repentaglio l'unanime entusiasmo delle sorelle, e persino di Tullio, che appariva abbastanza ridicolo in mezzo a tutte quelle gonne.

"Bianca, guarda, ti è cascato il fazzoletto!" Ora la voce di Claudia squillò quasi in falsetto, e tutti capirono che era

31

uno scherzo. Tutti all'infuori di Bianca, cui la voce della sorella faceva sempre l'effetto di un sussulto, e dopo lo spavento si diede a cercare per terra, davanti e dietro a sé. Invano, certo. Ma il gioco cattivo sarebbe continuato solo se non fosse successo null'altro intorno a loro: Bianca che scattava con le lacrime trattenute a fatica, Claudia che infieriva e gli altri che sorridevano, levavano gli occhi al cielo, si sfioravano i gomiti.

"Bianca, ti cola il naso!"

E il freddo nelle vene di Bianca divenne spilli di ghiaccio che pungevano di rabbia.

Itala guardò Claudia con un'aria arcigna di rimprovero poco convincente, e in quel momento il padre fece un passo indietro, allineandosi alle cinque figlie e al figlio.

"Ecco, incominciano ad arrivare."

Vitta cercò di non tradire la sua trepidazione: restava pur sempre un padre rispettato e contegnoso, che portava i bambini a quello svago. Ma lo scatto delle gambe, l'occhio sgranato, una certa concitazione nella voce dicevano che era un partecipare, anzi un trascinare le emozioni altrui, più che dirigerle.

"Fatevi indietro, altrimenti non passano."

Una carrozza si fermò, fra un'arcata e l'altra del portico. Nera come la notte ormai iniziata, l'aria opaca stemperava il gelo: col buio pareva che facesse un po' meno freddo. Alla vista dei cavalli, anche Bianca perse subito tutta l'ansia e il rimpianto di non essere rimasta a casa. Dapprima scese un uomo giovane, scuro e quasi invisibile, contro il nero di tutto il resto. Poi due donne: una decisamente anziana, impacciata nei movimenti. L'altra avrà avuto, suppergiù, l'età di una delle sorelle, ed era vestita tutta di rosa, da capo a piedi. Claudia storse il naso, chissà se per il disgusto o l'invidia: tutta rosa, da capo a piedi!

"Sarà stata pure una contessina altolocata, ma pareva soltanto una caramella incartata," avrebbe detto e ripetuto nei giorni a venire, con il sussiego che le concedeva la sua bellezza.

Dopo la caramella, fu un susseguirsi di carrozze, di portiere che si aprivano, gambe che scendevano, lente o ansiose, e sguardi che sbucavano, poi attraversavano il portico ed entravano nel teatro. Il passaggio sembrava non finire più, e non c'era tempo per i commenti bisbigliati, per l'incrocio di occhi: non restava che guardare fisso, trattenere nella memoria il più possibile, per avere poi di che parlare.

Una volta all'anno, per la prima del Regio, Vitta portava le figlie e il piccolo Tullio a teatro. O meglio, li portava davanti al teatro, ad assistere all'ingresso degli spettatori: un lusso piemontese, non troppo sfavillante. Composto, ma sostenuto. Non andavano a spiare, appostati dietro un angolo dei portici: niente affatto. Stavano lì davanti, pubblico ufficiale di una scena non troppo originale, anzi divertente proprio perché era sempre come ce la si aspettava, e tuttavia recava ogni volta una sorpresa quando la prima carrozza si fermava davanti al teatro, e ogni anno tutti loro, senza confessarlo, temevano che, chissà, la prima del Regio fosse stata annullata a loro insaputa, finché la carrozza non arrivava e, via via, ne giungevano altre.

Uno spettacolo cominciava mentre l'altro finiva, e Vitta, seguito dal suo piccolo corteo, tornava a casa, dove una moglie-madre li attendeva con un po' di stizza, oltre che tante, solite premure. Olimpia sapeva di essere esclusa da

33

quel rito, non aveva mai chiesto di farne parte; inoltre, come la sua piccola Bianca, non sopportava il freddo – stare fermi fuori dal teatro, prima che tutti arrivassero. Tuttavia li aspettava sempre con un'ombra di risentimento taciturno, perché sentiva che Vitta le rubava i figli, in quei momenti, e i figli erano tutto ciò che lei possedeva e desiderava possedere. Non aveva la bellezza di suo marito, né la sua distinzione. Guardava il portamento di lui con indosso la giacca da casa, e la voglia di incastonare la testa contro la sua spalla nuda, sotto il collo, la scaldava ogni volta di nuovo. Con una specie di dolore, perché sapeva di invecchiare troppo in fretta per lui, e mentre li vide salire su per le scale in ordine sparso, ebbe un tuffo al cuore osservando la figura del marito per caso accanto a quella di Lidia: sì che stavano bene vicini, loro due. Un uomo e una donna a rispettosa distanza di età, l'uno alla giusta altezza dell'altra, una certa somiglianza, ma che avrebbe potuto essere il frutto dell'amore condiviso.

In quei momenti, che ormai capitavano sempre più spesso, Olimpia si sentiva morire ogni volta di più, come se la morte fosse la discesa in fondo a un pozzo, un gradino dietro l'altro: e ogni volta moriva insieme alla certezza che non avrebbe mai più avuto quel che l'amore per lui le aveva regalato, lei a darlo e lui a concederle di riceverlo, ogni giorno come un fremito sotto pelle aspettando di averlo accanto a sé, oltre la porta chiusa della loro stanza da letto, anche soltanto per una notte di sonno insieme, vicini.

"Allora? Ditemi..." Con queste parole, la moglie-madre li accolse alla porta di casa, da dietro la propria angoscia, coprendo la sua voglia di morire con lo scialle,

34

che porse a Bianca intirizzita. Dopo quella loro avventura, ripensava sempre con tormento alla leggenda di famiglia, che ormai Vitta non raccontava più, né con pudore né con orgoglio, come aveva fatto tante volte in passato, quand'erano giovani. Lui era rimasto laggiù, almeno così pareva a Olimpia, e pur tacendo le mandava ogni tanto, in un alfabeto muto, quella storia incredibile ma forse vera. Una storia che non ci si stancava mai di ascoltare.

"Di mia madre s'invaghì perdutamente un aristocratico di cui non posso farvi il nome, bambini miei. La prese, la rapì e la fece innamorare altrettanto perdutamente. Lei era una povera giudea appena uscita dal ghetto; lui, un nobile che l'aveva vista alla finestra, una mattina d'inverno, e tanto gli era bastato per non levarsela più dagli occhi: i suoi capelli, le sue mani, il sorriso che la ragazza lasciava soltanto indovinare, dietro le labbra chiuse. Lo regalava di rado, quel sorriso. E la sua statura, le gambe lunghe che sapevano salire tre gradini alla volta, su per le scale... La finestra che quando s'affacciava pareva una piccola feritoia da cui sbucare con fatica.

"Durò poco, il loro amore distante da tutto e da tutti; nessuno sapeva dove si erano rifugiati, quando ormai il rapimento era diventato passione da non spegnersi mai. Lui lo trovarono morto in mezzo alla campagna, fra le zolle di terra e quel ghiaccio che la nebbia deposita quando fa troppo freddo. Lei venne riportata a casa senza una lacrima, senza una parola, come se fosse stato tutto un brutto sogno da cui risvegliarsi per dimenticare. Qualche settimana dopo, fu sposata a mio padre, che veniva da lontano e non sapeva nulla di quella storia. Poi nacqui io..."

Non c'era modo di saperne di più, di quella storia, nessun particolare diverso: Vitta la ripeteva sempre uguale, come se la sua memoria ne avesse infallibilmente registrato anche le parole, le pause, ogni virgola. Ed era l'unico custode di quelle origini, bambino orfano di una madre più evocata dalla fantasia che trattenuta fra i blandi ricordi dell'infanzia. Ma Itala, Lidia, Cesira, Bianca, Claudia e Tullio non si stancavano di ascoltarla, e ogni volta che il padre ripeteva le stesse parole di sempre, come lasciandole sgocciolare da un'ampolla di una trasparenza perfetta, ognuno di loro sei s'immaginava la nonna Emilia –, che non avevano mai conosciuto – del resto, nemmeno suo figlio, cioè il loro padre, la ricordava, se non vaghissimamente, con delle tinte e una voce diversa, perché nulla ne diceva, la storia, anche se tutti quei disegni di una memoria cieca avevano in comune una lontananza immensa: quella dalla loro madre. Emilia camminava quasi sospesa nell'aria, vuoi lungo il cortile del ghetto vuoi su per le scale, mentre una vecchiaia precoce – che pareva cercata – aveva presto appesantito il passo di Olimpia. Emilia era rimasta un insieme di esili curve, mentre Olimpia appariva infagottata in una corporatura ingombrante, quasi a dispetto del sottile *Maman* con cui i suoi figli le si rivolgevano. La nonna Emilia, morta disperatamente giovane e vissuta dentro un amore altrettanto disperato, era il fantasticare sulla madre che nessuno di loro aveva mai avuto – né Lidia, né Itala, né Cesira, né Claudia, né Bianca, né Tullio, né tanto meno l'orfano Vitta.

Ma quella non era Emilia: era un cesello di memoria, un arabesco di fumo come quelli che Vitta faceva per le bambine con la pipa, quando erano piccole – un disegno che si guardava finché non spariva né qui né là, né in alto né in basso.

Eccola, invece, Emilia per davvero: minuta e, se non piccola, certo non alta; i tratti nel viso che parevano segnati da una matita appena temperata. Graziosa ma non bella, gli occhi leggermente infossati e i capelli, dalla tinta scura ma spenta, raccolti stretti dietro la nuca. Lo sguardo, invece, raccontava un'intelligenza introversa, una mente sempre disposta alla riflessione.

"Vieni, Emilia. È giunta l'ora."

La voce di Rosina arrivò dalla soglia della stanza. Sua figlia era alla finestra, intenta a osservare quel poco che lo scorcio concedeva: il lato opposto della via con la casa di fronte che tagliava il cielo, e giù il ciottolato che, come un abbozzo di mosaico, squadrava il ghetto ebraico racchiuso in quel breve isolato. Il ghetto vero e proprio non esisteva più da qualche anno, ma molte famiglie d'Israele erano rimaste nelle case di sempre, dietro la cancellata di ferro battuto che s'apriva in direzione del cortile zeppo di banchi e botteghe.

Emilia si voltò verso la madre. Sorrise, lasciando la finestra, e corrugò la fronte perché l'impulso giungeva ancora una volta da qualcosa che le stava dentro: un pensiero, un'immagine remota.

"Vengo, madre."

S'incamminò, scivolando quasi dietro la veste di Rosina, con un'ubbidienza niente affatto arrendevole. Era fatta di una lega di ragionevolezza e pazienza, tenute insieme da una fermezza sapientemente dosata. Ma soprattutto aveva la capacità di incutere un'incomprensibile soggezione sin da quando era piccola, malgrado la sua esile figura.

Lasciò la finestra, sapendo che sarebbe stato per sempre. Che avrebbe dovuto dimenticare quell'angusto paesaggio domestico per far spazio a un altro: ad altre mura, altre pietre bombate sul selciato, a colori diversi, dentro e fuori. Strana, la nostalgia quella sera: non di ciò che aveva vissuto e anche perduto in quei pochi anni di vita (e pensare che ancora gliene restavano assai di meno, ma per fortuna la nostalgia è il più ignaro dei sentimenti). Le mancava il mare che non aveva mai visto, le mancava l'odore della campagna d'autunno – muschio e terra e nebbia... come un sudore freddo. Le mancava già quel che avrebbe presto dimenticato: il silenzio di questa casa nella sera, le voci del mattino, il rosso acceso del sole basso laggiù fra gli edifici, e quello cupo dipinto sui loro muri. Seguì la madre verso una stanza affacciata sul corridoio, poco oltre la porta a vetri della sala da pranzo. Non c'era letto, lì, ma soltanto un armadio di legno scuro, che occupava tutta la parete rivolta a settentrione, quattro sedie intorno a un piccolo tavolo e una credenza sul lato opposto rispetto all'armadio, dello stesso colore impastato che sembrava alitare fra le mura. Posato sul pavimento, dietro la porta aperta, riposava un enorme baule, un po' minaccioso con la sua mole.

"Aiutami a spostarlo, ché così non si riesce ad aprirlo."

Emilia e sua madre afferrarono le maniglie sui lati opposti e, sollevandolo impercettibilmente da terra, allontanarono il baule di qualche spanna dal muro, quel tanto che bastava per capovolgere il coperchio. Ribaltato all'indietro, questo svelò una fodera di panno giallo ocra, che contrastava con la vernice verde, le spesse losanghe di sostegno e i bulloni, simili a gigantesche capocchie di spillo. Ora le due donne si chinarono verso l'interno, come se fossero appoggiate a un parapetto sopra un paesaggio di mare – la linea netta dell'orizzonte fra due celesti che si incontrano, creste di schiuma e verde dei pini.

La voce di Rosina affondò fra le stoffe, insieme agli occhi. Da laggiù la colse Emilia.

"Questo è il tuo corredo di sposa, figlia mia. Ora puoi vederlo. Lo porterai via con te."

Nel baule, tutto era disposto secondo un ordine che sembrava immutabile. Rosina non toccò nulla, non sfiorò una sola piega né mostrò niente agli occhi della figlia, elencando invece con angosciato puntiglio il contenuto di quel tesoro che conosceva a memoria, dopo anni e anni di premurose attenzioni, di ago e filo, di acquisti a lungo soppesati. Una cosa per volta, con infinita pazienza, in attesa di quel giorno che si sarebbe portato via Emilia insieme al baule, tessuti e trame di giornate spese a ricamare, a pensarci, a cercare di immaginarla già grande, madre persino, a braccetto di un uomo ancora senza fattezze. Che paura faceva quel giorno che ormai era l'indomani, con la certezza di perdere nello spazio che va da un'alba a un tramonto tutto ciò che aveva raccolto in quegli anni, in fondo al baule e dentro gli occhi.

Come un'erosione scavata nella roccia da millenni di gocce d'acqua, il tempo aveva aperto una specie di abisso lì in fondo alla cassa, lasciandovi un'immensità di spazio. A cominciare dalle sette pezze di lino fine che Emilia aveva avuto in dono appena nata, il cui bianco candido attraversava come un alito caldo gli altri strati di tessuto.

Accanto a esse, c'era un telo incolore quasi infilato a forza in un angolo, come se si volesse dimenticarlo.

"Un velo antico, ma non di nozze, Emilia. Ti auguro di non dover mai portarlo in capo. Copre il dolore e i sentimenti che non puoi dire. Lascialo là finché potrai, perché una volta spiegato sembra disfarsi anche fra le mani più delicate, ma non è così: è un tessuto stregato, tenace, questo, Emilia, e quando l'hai aperto non ti offre nessuna traccia di piega da seguire, e non c'è verso di rimetterlo a posto, com'era prima."

E sopra, lenzuoli, federe, teli da bagno, pezze ancora da orlare: l'inventario che Rosina enunciò alla figlia, la sera prima delle sue nozze, profumava di bucato e di giorni già vissuti, perché ogni tessuto non era soltanto la prefigurazione di una casa destinata a vestirsi con quel bianco e quei colori, ma soprattutto la traccia di una storia già percorsa, dove ogni lembo di stoffa rimasto per anni ad aspettare nel baule accendeva il ricordo di un momento e dell'amor materno di Rosina che, per sopravvivere all'indomani, avrebbe dovuto imparare anche a nascondersi – almeno un poco. Come la serie di dodici più dodici asciugamani da cucina ricamati nelle sere di un inverno più freddo del solito – e anche più buio, dove si confondevano la notte e il giorno, mentre lei cuciva e la piccola Emilia tossiva, sudava e rabbrividiva, e pareva che non avrebbe mai smesso. O l'astuccio di gioielli che aveva trovato posto anch'esso nel baule, protetto dalla stoffa. La madre gliel'aveva mostrato di sfuggita il giorno in cui aveva compiuto quindici anni, dicendo: "Questo è tuo. Un giorno, l'avrai."

E poi:

Sei rasi di batista
Un sacchetto di cotonina con serie di bottoni a
    dozzine
Brassiera e cottino; una brassiera con balena
Due camicie da notte e quattro pezze di mussolina
    per altrettanti capi
Calzetti in quantità
Un paio di forbici ("Attenta, stanno lì in fondo,
    nell'angolo, vedi")
Gli asciugamani di cucina
Tre pezze di brocadello satinato
Camisaccio e camicetta
Il cuscino per gli aghi ("Accanto alle forbici")
Copertore – trapunta
Una dozzina di federe
Sei pezze da lenzuoli grandi
Taffettà – tre pezze grandi
Tela fine e stracci ("Non so più nemmeno io
    quante ne ho messe, Emilia, ma tante, sai")
Un ventaglio con l'astuccio ("Quello lo portò
    Aristide da Parigi. Eri piccolina, camminavi
    a stento")
La mantelletta di mussola
Mussoline – broccata e rigata ("Ah già, il manti-
le")
Nove lini di Como
Sette paia di mutande
Matasse e matassine – un'infinità
Scuffia, una
Salviette
Sette paia di ridò

Satin
Raso scarlatto – una pezza
Tre paia di scarpe
Giustacorpo e calze alte – tre paia
Quattro pezze da bindelli

I colori, Rosina non ebbe bisogno di enumerarli: gli strati di trame e tessuti davano a intenderne ogni sfumatura: dalle ultime cose arrivate in tempi e giorni recenti, sino a ciò che s'era depositato in fondo molti anni prima, nascosto sotto cumuli spessi e pesanti. Incarnato, rosso, grigio, color caffè, tanetto (ch'è un bruno vivace tendente al rosso), cannella dei lini più spessi, oliva e una tinta "cangiante", in attesa di lavaggi nel fiume.

"Ho finito," concluse Rosina. Emilia si protese ancora un momento verso l'interno, con lo stesso gesto usato poco prima per congedarsi dalla finestra della sua stanza da letto. Inspirò l'insolito profumo che le stoffe e gli oggetti esalavano, un aroma che sapeva di intatto, ma non di nuovo, poiché fra gli strati di tele e mussole, di ovatte e pizzi, si trovavano anche gli anni e i giorni di un tempo lungo quanto una generazione. Poi Rosina chiuse il baule con un garbo lento, e dopo la cassa chiuse anche la porta della stanza guardaroba. Nel silenzio di una sera di primavera, per Emilia s'estinse l'ultimo momento di pace nella casa dov'era nata e cresciuta, e dalla quale l'indomani sarebbe andata via, sposa.

Arturo era innamorato pazzo di Claudia. Un amore arcigno, che non sorrideva quasi mai. Stupito dei propri impulsi, si lisciava continuamente i baffi, come per vizio.

Non avrebbe mai immaginato – né tantomeno voluto – innamorarsi così. E non era affatto successo subito, quando gli avevano mostrato per la prima volta quella ragazza di Torino, una delle molte sorelle di una famiglia per bene ma non certo ricca, tutt'altro.

Era stato lungo quel viaggio da Alessandria, dentro una nebbia che non sfumava, insieme a un cugino che aveva frequentato ben poco, sino ad allora, e dal quale era giunta quella proposta un po' sfacciata: andare a conoscere cinque sorelle, tutte in età da marito. Il padre, un personaggio un po' strambo con un commercio di tessuti non propriamente florido, era un conoscente dello zio per parte di madre; sarebbero andati all'appuntamento con lui e poi avrebbero pernottato in città, perché il viaggio era davvero lungo.

No, Arturo non s'innamorò subito di Claudia. Fors'anche perché di tutte le sorelle (poi si scoprì che due erano già fidanzate, anzi prossime al matrimonio) pareva proprio quella meno disposta a far innamorare qualcuno. E poi parlava troppo. Frasi brevi e taglienti. La più piccola non aveva aperto bocca, le altre solo se interrogate, Claudia invece macinava un istante le parole fra lingua e palato, strizzando gli occhi come per vedere meglio quello che stava per dire, e parlava. Sopra la tazza del caffè ancora troppo caldo o dritta dentro lo sguardo degli ospiti. Perciò Arturo s'era imposto una certa sussiegosa indifferenza, e aveva concentrato l'attenzione sulle altre sorelle – su tutte tranne lei. Era persino sembrato timido di fronte alla brillante loquacità del cugino e ai silenzi compiaciuti dello zio che li aveva accompagnati quel pomeriggio.

Arturo non era propriamente timido, nei suoi trent'anni passati. Il turbamento che gli dava quella ragazza non ancora diciottenne che gli sedeva davanti con la stessa compostezza rigida che avrebbe tenuto sino alla morte – e dopo, chissà – lo interpretò dapprima per un fastidio. Il fastidio divenne curiosità sin da quando si udì lungo le scale il rumore discreto, cortese, della porta di casa che si chiudeva, alla fine della visita. Si trasformò in vaga inquietudine due giorni dopo, appena Arturo ebbe rimesso piede nella propria casa, ad Alessandria, dove lo aspettavano i genitori anziani e taciturni, che non gli chiesero nulla dell'incontro, delle ragazze di Torino, delle speranze.

Poi passarono quattro mesi – ma perché quattro e non sette, due, venti? – senza storia.

"Prego, accomodatevi."

L'ufficio di Vitta era un luogo modesto. Muri spogli, un grosso armadio di legno quasi nero, istoriato con mano pesante di artigiano, una scrivania dello stesso colore, zeppa di campioni di stoffa dalle dimensioni tutte diverse – più ritagli che campioni – e tre sedie uguali: una per il padrone e due davanti al suo tavolo. La luce fioca – anzi morente – del pomeriggio gettava ombre di figure e parole. Arturo entrò con passo sicuro, arrivò sin davanti alla scrivania e, da lì, si sporse come da una balaustra, per stringere la mano al padre di Itala, Cesira, Lidia e Bianca. E anche di Claudia. L'uomo non era pronto a quello slancio e, colto alla sprovvista, si alzò di scatto.

"Prego, accomodatevi," ripeté Vitta, indicando una delle due sedie davanti al tavolo. E subito dopo aggiunse, come per stemperare il proprio imbarazzo: "Come vanno gli affari ad Alessandria? Ditemi."

"Non posso lamentarmi," rispose Arturo, seguendo il proprio istinto scontroso. Poi gli venne in mente che quell'uomo aveva ben diritto di sapere qualcosa di più riguardo a lui, e non attraverso parenti o conoscenze comuni, come probabilmente aveva già fatto. Arturo però si sbagliava: Vitta non aveva chiesto di lui. Qualche giorno prima, quando era stato fissato quell'incontro pomeridiano, si era limitato ad annunciarlo alle figlie e alla moglie, cercando di interpretare le loro parole impercettibili, un po' complici e un po' rivali, e i silenzi impenetrabili. Soprattutto quelli di sua moglie e di Claudia.

"È una buona stagione per il commercio di pellami. Bisogna soltanto avere pazienza e non temere qualche spostamento faticoso, per comprare. Mi capita di dover andare sino a Genova anche due volte al mese, figuratevi."

Vitta s'immaginò una delle sue figlie sola dentro una grande casa dalle finestre austere come quelle di un convento, con piastrelle di ghiaia piatta e mobili gelidi. Se la figurò con autentica tristezza. I piedi calzati di un panno senza suono che passavano impauriti da una stanza all'altra, la gonna cascante, dimessa, il busto avvolto in uno scialle di lana pesante (perché ad Alessandria faceva certamente più freddo che a Torino), le braccia abbandonate lungo i fianchi. Tutto immaginò, mentre la sua afflizione andava dalla testa agli occhi. Tutto, tranne il volto. Chi mai sarebbe stata, fra Bianca, Lidia e Claudia? Per quale figlia era venuto quel giovane non più così giovane? Per Lidia, non bella ma già adulta, adulta in un modo talmente intelligente da affascinare? Per Bianca, così capace di esigere protezione da chi chiedeva soltanto di elargirla? Per Claudia, così disarmante?

Vitta ascoltava Arturo che parlava di costi e tinture, e intanto le sue figlie gli si avvicendavano davanti agli occhi, gli dicevano qualcosa che non aveva modo di afferrare, né con lo sguardo né con l'udito. Si passò una mano fra i capelli folti prima di alzarsi dalla sedia con un gesto strano, un po' teatrale: piegandosi all'indietro, quasi a prendere la rincorsa.

"Abbiate la cortesia di aspettarmi qui un momento. Una faccenda urgente, di cui m'ero scordato. Mettetevi comodo, vi prego," spiegò Vitta, liquidando lo slancio di Arturo che stava per mettersi in piedi anche lui, e che invece rimase in una posizione quasi ridicola, con le gambe piegate che lo tenevano sospeso di sbieco sulla sedia.

Vitta uscì e imboccò la porta di fronte, dove si trovava il piccolo magazzino: scaffali e scaffali di pezze avvolte, ceste zeppe di scampoli di colore diverso, e una bacheca con appesi tanti fogli di quaderno a righe, fissati da spilloni. Girò fra i velluti e i rasi lucidi, fingendo anche con se stesso di cercare qualcosa; poi tornò lentamente nell'ufficio, senza nessun pensiero in più di prima, soltanto con un sentore di capogiro. Per nulla al mondo, però, avrebbe ammesso che gli faceva male pensare di perdere un'altra delle sue figlie, dopo che ne aveva promesse già due, anche se da tempo ormai non andavano più a vedere l'ingresso del Regio, la sera della prima, e nemmeno facevano quelle passeggiate lungo il Po, sulla riva dove il sentiero a tratti diventava un intrico di cespugli.

"Scusatemi ancora, ma sennò mi passava di mente quel che dovevo annotare per domani: sei pezze da portar giù in bottega. Forse sapete che smercio soprattutto ai laboratori, ma ho anche un negozietto a qualche isolato da qui, per le vendite al minuto."

"Bell'impegno," commentò Arturo. "E chi vi manda avanti la bottega, qualcuno di famiglia?" domandò, figu-

46

randosi non certo il piccolo Tullio, né la pesante moglie, ma chissà quale delle figlie dietro il banco, le maniche rimboccate su un paio di braccia abbastanza robuste per prendere e calare le voluminose pezze. Un pensiero piuttosto provinciale, se rivolto a ragazze di città, abituate a ricamare, leggere, suonare il pianoforte e magari cantare qualche aria. Arturo si pentì d'averlo chiesto, ma troppo tardi per non avere la risposta distratta di Vitta, al quale non sarebbe mai venuta in mente quella scena, per nessuna delle sue figlie.

"No, ho una commessa, che però sa anche far di conto. La mattina sta in bottega, il pomeriggio sale in ufficio, la povera Esterina che è rimasta sola al mondo. Ma quest'oggi non c'è, prende licenza una volta alla settimana, nella mezza giornata." Per un attimo, Vitta carezzò l'idea di proporre lei come partito, al posto di una delle figlie: sarebbe stata una buona moglie, indubbiamente. Due braccia forti e una testa sveglia, piena di riccioli che la facevano disperare. Abituata a non risparmiarsi nel lavoro, docile ma non umile, riconoscente senza piaggeria: ma di ragazze così se ne trovavano anche ad Alessandria, sicuramente. Non per questo, Arturo era tornato da lui: ovviamente non per Esterina, che parlava soltanto piemontese e non conosceva né l'italiano né il francese – a dire di più, li ignorava, come se non avessero suono, e quando capitava qualcuno in ufficio e lei andava ad aprire la porta, lo accompagnava nella piccola stanza d'attesa o dritto nell'ufficio del signore. Poi tornava ai suoi conti in rigoroso silenzio: era quella la lingua che preferiva persino al piemontese. La matematica della contabilità era la sua passione: ogni somma un gioco magico che non mancava mai di

47

stupirla. Aveva persino imparato a leggere l'italiano quel tanto che le bastava per riempire le caselle della contabilità, puro accessorio ai suoi amati numeri. Vitta provò a immaginarsela in un magazzino assai più grande del suo, dove stagnava un odore acre, insopportabile, che bruciava il naso: cumuli di pelli opache, altre già trattate e dipinte – ed Ester in piedi che annota qualcosa a matita, conta e scrive con padronale disinvoltura.

Scacciò quella fantasia con una specie di sdegno per l'odore, la fatica, la perdita della fedele impiegata con le sue forme morbide che mettevano di buonumore anche nelle giornate più scure. Erano quelle in cui Vitta si sentiva invecchiare: non era una minaccia di stanchezza, anzi, ma una sorta di frenesia liquida che scorreva dentro le vene e appassiva tutto. Era un presentimento insopportabile, rinvigorito dalla figura di sua moglie, che allora già sembrava essere nata apposta per invecchiare. In mattine come quelle, usciva di casa con precipitazione, come incalzato da un pericolo o da un appuntamento cruciale, e arrivava in ufficio arrabbiato con se stesso, con l'età e con tutto ciò che non avrebbe mai più fatto in vita sua. Prima, però, passava dalla bottega, dove Esterina era già dietro il banco a mettere ordine, a contare o a servire il primo cliente del giorno. Vitta gettava un'occhiata attraverso la piccola vetrina, poi apriva la porta e, stringendo la maniglia, diceva con un tono fra il bonario e l'oratorio: "Buongiorno! Tutto bene?"

"Tutto bene, signor Vitta. A dopo," rispondeva Esterina, e il rito si concludeva immancabilmente così. Questioni d'ogni genere, Esterina le portava il pomeriggio in ufficio: la mattina restava sempre intatta.

"Bene, allora, ditemi: che cosa vi conduce qui da me?" domandò Vitta, cercando di non essere sbrigativo.

"Bene, ecco, vedete... Non è per affari..."

"Questo l'avevo immaginato. Fra pellami e tessuti c'è poco di che fare affari..."

Vitta lasciò sospesa la frase, senza fornire un appiglio al suo interlocutore.

Un momento di silenzio – divertente per lui, abissale per Arturo. Non aveva messo in conto l'eventualità di risultare impacciato, e nel suo intimo se la prese con quell'uomo di cui forse non valeva la pena sposare nessuna figlia.

"Bene, ecco, sarei venuto a chiedere la mano di vostra figlia. Posso darle una buona vita, ad Alessandria. Senza troppi svaghi, come qui a Torino, ma solida e sicura."

"Bene. E di quale figlia parlate?"

La domanda lasciò sgomento Arturo. Come se qualcuno gli avesse chiesto di spogliarsi in mezzo alla strada – e per di più in una gelida giornata d'inverno. Era tanto incalzante quanto strampalata, persino prepotente, quell'istanza. Quell'uomo non poteva lasciargli il tempo di terminare la richiesta, ponderare la scelta, scavare anche solo un istante nella memoria? Dall'ultima volta che aveva visto le sorelle era passato più di un mese, e i pochi incontri, del resto, erano stati una copia del primo, senza che nulla cambiasse, all'infuori – forse – degli abiti delle ragazze. Ma non ne era poi così sicuro, ricordava ben poco di loro e dei colori di quelle scene: i cinque visi dentro la sua memoria stavano adagiati sopra un foglio di carta opaca ed erano senza dimensioni – inoltre di ciascuna di loro, aveva ben fisso un particolare soltanto. Gli occhi fermi e intensi di Lidia, i capelli di Itala, le mani nervose di Cesira, la voce a tratti dolcissima a tratti acida di Claudia, la grazia smarrita di Bianca.

Già, quale figlia?

Provò a immaginarsi di fronte a una donna – non gli era mai capitato in vita sua. Stava davanti a lei, senza stringerla in un abbraccio, senza sfiorarla neppure: la guardava soltanto, dai piedi sino alla testa. Ma la figura sfuggiva, non c'era verso di trattenerla.

Vitta sorrise in modo distratto e ripeté la domanda, più lentamente, nel dubbio che il suo ospite non avesse sentito. Il timbro della voce schiarì il pensiero di Arturo come quando un vento improvviso dissolve la nebbia – e, a volte, basta una timida folata. La cadenza di quelle poche parole, nell'incontro fra il respiro e le corde vocali, diede improvvisamente una faccia alla figura di donna che Arturo aveva davanti, perché nella voce di Vitta c'era proprio lei, nessun'altra.

"La vostra Claudia."

Quando la clessidra di quel tempo liberò il primo grano di sabbia allo sfiorarsi delle dita, al contatto delle mani, mentre la coppia entrava in sinagoga seguita dal modesto corteo di parenti giovani e vecchi, approfittando del portone rimasto aperto per far spazio alla luce e all'aria di stagione, un'improvvisa folata di vento sollevò i lembi del baldacchino nuziale: un sussulto, un'onda lenta e cadenzata, e poi la quiete – improvvisa almeno quanto il movimento. Come contagiata dall'intemperanza del baldacchino, Claudia si voltò per un lungo istante a guardare colui che stava per diventare suo marito: una specie di sconosciuto poco più che intravisto qualche pomeriggio o sera in casa, in salotto, insieme a genitori, sorelle e fratello. Un uomo corpulento, con baffi sfrontati, forse troppo vecchio per lei (almeno così pareva). Allora le parole avevano offuscato gli sguardi, perché era d'obbligo conversare, rompere il silenzio, invece di lasciare che si depositasse come una patina trasparente di reciproca conoscenza. Adesso, per la prima volta, Claudia vide di profilo il marito: le era accanto, di fronte al rabbino che mormorava, mentre dietro di loro stava il resto del mondo, in un silenzio attento. E lui... lui era arcigno e severo, ma ispirava anche una specie di tenerezza, la traccia della solitudine. Pensando alla solitudine di lui, già trascorsa, scacciava la propria che sentiva arrivare, sotto quel baldacchino e poi l'indomani, quando sarebbero partiti per Alessandria. Da quel momento, il tempo sarebbe stato un orizzonte buio, un'attesa vana.

E invece...

Brevi momenti di silenzio interrompevano la cerimonia: gesti muti, il rabbino che si girava, sguardi rubati, il silenzio che schiacciava le pause nelle benedizioni in ebraico, nelle formule di domanda e risposta che portavano sempre più vicino al gesto della mano, al contatto di dita che si sfioravano e subito si ritraevano... Ma il destino ormai s'era compiuto, il conto era cominciato. Claudia avrebbe voluto leggere qualche parola nello sguardo di colui che adesso era suo marito, cogliere un barlume di sentimento – foss'anche ostilità, foss'anche un dolore inguaribile –, e invece parevano di gesso, quegli occhi, e tutta la figura era come se avesse dentro un'anima di ferro, che la irrigidiva: non era così per l'abito e il portamento, ma in virtù di ciò che aveva di più profondo. E pensare che era soltanto la paura di Arturo per quell'amore che faticava a conciliare con se stesso. Anche Claudia decise di tenersi dentro un timido fiotto di dolcezza che, se non lo avesse controllato, avrebbe convinto la spalla e magari anche il capo a reclinare leggermente verso di lui, a piegarsi come per offrire almeno un cenno di se stessa. E invece l'abito bianco dall'eleganza discreta, il velo ormai capovolto verso la nuca, la luce opaca che il raso emanava, muto anch'esso... tutto restò impettito in una fissità quasi solenne.

E invece...

E invece, perché tutto questo andò a dissolversi nel calore bruciante di quel bacio, dopo che il bicchiere era stato frantumato sotto il piede dello sposo? Perché quel bacio troppo prolungato, che aveva fermato il fiato in gola, moltiplicando il silenzio dell'attesa e gli sguardi d'interrogazione degli altri? Perché quel bacio aveva ribaltato ogni cosa, disinnescando il gelo di un momento prima come quella particella della Bibbia che trasforma il futuro in passato e viceversa? Eppure il contatto della sua mano aveva lasciato in Claudia il medesimo sentore freddo del suo profilo, la stessa indifferenza a un futuro in comune cui non valeva la pena opporsi. Adesso le labbra dicevano tutto il contrario, raccontavano di una sete calda che smentiva il silenzio. Quel bacio era attesa, quasi una smania d'attesa. Era un bacio smisurato.

Ora Claudia pensava che forse era stato lo schianto del vetro spezzato sotto la sua scarpa – memoria di Gerusalemme perduta, ma anche e soprattutto monito della fragilità che attanaglia ogni cosa – ad annullare il tempo e il silenzio precedente, a smentire tutto attraverso quel bacio caldo che voleva ancora, sempre uguale a quello appena ricevuto.

E invece...

E invece quel bacio era soltanto un altro granello della clessidra di sette stagioni, lunghe o brevi non importa, ma inesorabili come un destino che s'è già compiuto interamente nello sfiorarsi con la punta delle dita un istante prima che l'anello s'infili all'anulare della sposa: una stagione gelida come il filo di ferro, un'altra calda come il primo bacio, una senza nome ma con il sapore della scoperta, quindi quella interminabile della conoscenza; poi il tempo della consuetudine, che è anch'essa un modo di amare, e dopo l'abitudine la placida attesa di un futuro che le pareva di avere dritto davanti agli occhi, e infine quella di un nucleo incandescente di dolore racchiuso entro ere di orrore, nostalgia, perdizione, smarrimento, solitudine.

Sette anni conchiusero queste sette stagioni: sette anni esatti bastarono alla clessidra prima che tutto finisse; sette anni di vita e poi di morte – impossibile sino all'istante in cui Claudia la vide.

La casa era proprio come lei se l'era immaginata: una mole massiccia, messa in risalto dalla posizione isolata. S'affacciava su una grande piazza circolare con un bel giardino, da cui per molti mesi all'anno trasudava una nebbia umidiccia che i muri assorbivano e poi alitavano dentro i due piani di stanze. Entrando a piedi attraverso il portone Claudia levò lo sguardo alla volta, in cerca di qualcosa che non avrebbe saputo dire. Non era ancora la nostalgia di Torino, delle risate fra sorelle, dei musi di Bianca che la sera prima del matrimonio aveva pianto e singhiozzato per ore, con un insolito contegno troppo adulto per lei. Non era nemmeno la curiosità verso questa nuova vita che già immaginava sommessa, grigia ma accogliente come l'ingresso della casa. Forse era soltanto il pensiero sfocato di una ragazza diciottenne andata in sposa a un uomo con quasi il doppio dei suoi anni (erano poco più di trenta, ma per lei il conto sommava così), un paio di baffi imponenti e una voce udita appena qualche volta, prima di quel giorno.

Arturo le fece strada verso lo scalone. La porta era aperta, e sulla soglia li aspettavano Nilde, la vecchia cameriera di famiglia con trent'anni di servizio, e Brigida, una ragazzina rossa di capelli da poco arrivata in casa: salutarono la coppia di sposi chinando il capo e le spalle – ma di così poco che le gonne e i grembiali nemmeno frusciarono. Sotto quel gesto quasi impercettibile e il "Buongiorno, signori" scandito all'unisono, Claudia colse la flemma burbera dell'una e l'agitazione inesperta dell'altra, e lì per lì decise di non accogliere l'offerta di ali materne che Nilde adombrava sotto il contegno di domestica, e di adottare invece un'intimità comune con quella ragazza che aveva due anni meno di lei e uno spaesamento disperato dentro gli occhi. E Brigida le sarebbe rimasta vicino per tanti di quegli anni che a un certo punto smisero di contarli, e persino di evocarli, per non farsi troppo male a vicenda, senza volerlo.

"Conduci la signora in camera, su," la incalzò Nilde, rivolgendo al padrone uno sguardo d'intesa che significava: "Noi abbiamo alcune cose da dirci."

Arturo lasciò che la moglie seguisse la guardarobiera in camera, e le disse: "Salgo un momento, per un saluto ai genitori. Un momento soltanto."

54

E così Claudia si ritrovò sola in quell'istante che scandì il varco della soglia. La solitudine accompagnò i suoi passi verso la stanza che non aveva mai visto, e che eppure era la "sua", il suo sguardo mentre passava dal letto con il baldacchino porpora alle tende dello stesso colore, dal comò di legno istoriato che Arturo aveva fatto fabbricare apposta per lei alla toilette con lo specchio e lo sgabello, dove per ora c'erano soltanto un pettine e una spazzola d'argento sopra una tovaglietta bianca ricamata. Quella solitudine del primo momento, che Claudia colse come una folata fredda che passa e se ne va, era invece un grave benvenuto. Poco dopo arrivarono anche i bagagli, il suo guardaroba, il vecchio baule con il corredo.

"Signora, come desidera che disponga gli abiti: secondo le stagioni o l'occasione?" domandò Brigida, recitando a memoria una parte tante volte ripetuta sotto lo sguardo e le orecchie di quell'altra, la vecchia.

"Fa' come credi, ma non toccare il baule, almeno per ora. Ecco, mettetelo lì, contro quella parete."

La stanza del guardaroba le sembrò la più calda di tutta la casa: era l'unica in cui potesse trovare qualcosa di sé. Claudia andò alla finestra, e la vicinanza al suolo le diede una strana vertigine: sino ad allora aveva guardato il mondo dall'alto del terzo piano, mentre qui era appena all'ammezzato. 'Non avrò da faticare su per le scale,' pensò, come per confortarsi, mentre lasciava la finestra con uno scatto ch'era quasi di paura e andava verso il salotto lungo un corridoio che sembrava non finire più. Era una casa molto più grande di quella in cui aveva abitato fino alle nozze: grande negli spazi smisurati fra i muri e fra il pavimento e il soffitto, nei mobili che parevano costruiti per dei giganti,

55

non per una persona delle sue misure. Provò a sedersi su una poltrona di legno e velluto, ma si alzò subito, per una specie di timore d'aver preso il posto di qualcuno. Pensò che la casa stessa parlava di una solitudine abitudinaria, accanto alla sua leggermente sgomenta: no, non aveva usurpato nulla a nessuno.

Scostò la tenda bianca e trovò lo stesso paesaggio di prima. La visuale sembrava immutata, come se non fosse il fuori, quello, ma una tappezzeria applicata sul vetro. E invece era proprio il cielo di Alessandria: basso fin sotto la finestra. Allora, spinta da chissà quale impulso, chiamò la vecchia domestica: "Nilde, per favore, vieni un momento."

"Subito, signora, corro," rispose la voce della cameriera. Passò ancora qualche istante prima che il suo passo lento si avvicinasse senza la minima fretta.

"Vorrei che questa poltrona," disse Claudia, indicando con puntiglio quasi infantile quella su cui aveva provato a sedersi, poco prima, "fosse spostata nella stanza del guardaroba. Nel caso mi venisse desiderio di fermarmi lì a ricamare. La luce mi pare migliore."

"Certamente signora, subito."

Con una specie di ruggito, Nilde chiamò Brigida e bofonchiò qualcosa a proposito dell'uomo di fatica che, quando serviva, non c'era mai. Mentre le due donne portavano via la poltrona, a Claudia parve d'averla avuta vinta sulla sistemazione, perché di là, insieme ai suoi vestiti e al corredo, non avrebbe più avuto timore di sedervisi né avvertito quel vago senso di usurpazione, quasi stesse occupando un posto che non le spettava.

Aspettò che la poltrona fosse di là, giusto accanto alla finestra, per tornare al guardaroba che Brigida riempiva prendendo dalle valigie, un capo per volta. Prima di appendere secondo un ordine che la sua fantasia stupefatta le dettava, la fantesca tratteneva per un momento davanti agli occhi, sostenuto dalla gruccia di legno. Non aveva mai visto dei vestiti così: né in quella casa, dove non aveva ancora accudito nessuna signora, ma nemmeno per le strade di Alessandria, quando Nilde la spediva a comprare qualche cosa di cui lei s'era dimenticata. Erano i colori sgargianti: troppo per una giovane sposa? Ma Claudia li voleva così – nutrì una passione mai spenta per i colori forti, senza indecisioni. E gli accostamenti: sempre due tinte per ogni capo. Non che fosse un guardaroba di lusso: era soltanto la dote di una ragazza non troppo ricca ma nemmeno povera, con tante sorelle, raccolta con cura e stile discreto, ma secondo un gusto preciso cui non c'era stato verso di opporsi. "Il verde dev'essere verde; il rosso, rosso. Non mi piacciono le cose lasciate a metà!" aveva detto, scegliendo le pezze di stoffa. Suo padre la guardava con un compiacimento malcelato dietro i rimbrotti, mettendo da parte le tele giuste. L'avevano fatto quasi in segreto, loro due da soli, all'insaputa di *Maman* e delle sorelle, una mattina qualunque. E poi, stringendo tra le braccia le stoffe, erano andati a piedi sin dalla sarta, a prendere le misure e scegliere i quattro modelli per i vestiti.

Alla prima prova, Bianca era inorridita – "Che colori..." – e *Maman* aveva piegato un angolo della bocca, in una smorfia rassegnata. Ma il taglio, ormai, era fatto.

Lo stupore incredulo di quella ragazzina mise Claudia quasi di buonumore. Si sedette lentamente e fece per cantare – non più d'una nota, non più. Ma il suo sguardo scivolò sul baule ancora chiuso, e la voce tacque ancor prima del sospiro che avrebbe accolto il suono.

"Ti piacciono?"

"Che belli, signora Claudia. E che colori! Ossignore!"

Sorrise, e un tenue filo di calore le passò dai piedi alla testa, provando a scacciare lo smarrimento. Si alzò di nuovo e aprì la finestra, per sentire com'era fuori. Freddo, ancora. Il cielo basso sembrava schiacciare il marciapiede proprio sotto di lei. Oltre la strada, nel giardino di fronte, una donna spingeva una carrozzina da cui giungeva un pianto distratto, cui non era prestata la minima attenzione. Passò un carretto, e lo scalpiccio degli zoccoli da soma coprì il rumore della porta d'ingresso sbattuta da Arturo.

"Eccomi. Ora son tutto per voi. Che fate qui in questa stanza?" disse, affacciato alla porta, con l'aria d'essere di passaggio, a dispetto della dichiarazione.

"Guardo," rispose Claudia, senza intonazione.

La gonna di Nilde passò pesante. La donna bofonchiò un "Io vado in cucina a preparare il risotto" che non chiedeva risposta.

Arturo se ne andò senza aggiungere nulla. Quella moglie forse troppo giovane sembrava aver perduto la sua pepata loquacità da quando l'aveva sposata, il giorno prima. Come se quel suo bacio le avesse gettato un incantesimo di silenzio. Aveva turbato anche lui, ma in un modo affatto diverso: aveva acceso, invece di spegnere. O, almeno, così credeva. Invece il fuoco di lei restava profondo, impenetrabile. E forse Arturo non lo riconobbe mai, sino alla fine. Quel giorno, però, il contatto delle labbra – lungo da non finire più – era stato come un fiotto di tutte le parole che non aveva mai detto fino ad allora, e che non avrebbe pronunciato mai, e così adesso non sapeva nemmeno dire a se stesso se covare nostalgia o speranza, se aspettare il prossimo bacio o invece scivolare dentro il ricordo di quello passato, perché non ce ne sarebbe mai più stato un altro così. Ma i suoi baffi rimasero ben rigidi, e forse in quei brevi sette anni di nozze, fra la nebbia di Alessandria, le estati a Valmadonna, i viaggi a Voghera, le festività a Torino, nemmeno Claudia riuscì a leggere per filo e per segno quell'amore di spasimo nascosto dietro i baffi, a fior di labbra: vide e sentì soltanto una gelosia cocciuta, una forte sete di possesso – di lei, dei suoi vestiti troppo sgargianti, della sua voce, dei tre figli che gli mise al mondo, uno dopo l'altro.

"Vieni, Brigida, ora mi aiuterai a disporre il corredo." Claudia si alzò e andò a fermarsi davanti all'armadio aperto: una scala di scaffali scuri che parevano senza fondo, tale era il buio del legno e degli spazi ancora vuoti. Brigida chiuse delicatamente l'ultima anta con i vestiti.

"Tiriamo fuori poco per volta la biancheria dal baule. Tu me la porgi, e io la ripongo qui. Guarda bene come la metto, mi raccomando."

"Sissignora."

Brigida porgeva tovagliette e asciugamani come se fossero cuscini di raso oppure vassoi di fragili coppe in cristallo, sostenendo le pieghe di tessuto con le mani aperte. Infinite volte si piegò sul baule, prima di tornare in posizione eretta e porgere le cose alla signora, che invece sembrava lavorare con una certa disinvolta noncuranza, disponendo a caso, un po' in alto e un po' in basso, dove capitava lo sguardo. Ogni volta che le dava qualcosa, Brigida cercava di sbirciare dentro l'armadio, ma le tinte chiare di luce della biancheria nemmeno scalfivano l'impenetrabilità degli scaffali, che anzi parevano sempre più scuri e profondi via via che si riempivano, inghiottendo le pile di tele. E poi, fra lei e l'armadio c'erano gli occhi della signora, un viso ovale che a Brigida era parso un po' troppo pallido ('Sarà perché viene da Torino'), una bocca che piegava sempre lieve lieve all'ingiù, chissà se per sussiego o timidezza, e una testa circonfusa di capelli. Che capelli aveva la signora nuova! Il colore non si capiva bene, perché a guardarla seduta alla finestra, contro la luce impastata di nebbia del cielo basso di Alessandria, quei capelli parevano quasi d'oro – non dorati, ma d'oro, davvero –, mentre ora che era in piedi davanti a lei bruciavano di una tinta più scura – non nera, ma quasi corvina – come contagiati anch'essi dal buio dell'armadio che stava ingoiando il corredo.

Un profumo denso di brodo e di cipolla e di riso che cuoceva sul fuoco arrivò dal corridoio.

"Quanto resta ancora nel baule?"

"Tanto, signora. È magico, non finisce più, ossignore!" rispose Brigida, guardando dall'alto le cose ancora da tirar fuori. Un fascio di salviette piccole, chiuso da un nastro rosa. Un altro uguale, ma con il nastro giallo. Due paia di lenzuola con un ricamo di fiori. Uno soltanto con le cifre in arabesco: "C.G.". Aveva voluto mantenere la propria iniziale come per rammentare a se stessa che s'era chiamata così, prima di venire sposa ad Alessandria. Era nata con un cognome breve, distinto. Che sapeva di città da lunghe generazioni. Quello preso dal marito, invece, aveva un'altisonanza un po' pretenziosa e provinciale: non le piaceva affatto. Ora, però, le venne in mente che forse avrebbe dovuto usare la cortesia di salire insieme ad Arturo, per un saluto ai vecchi genitori. Aveva visto soltanto la madre, qualche mese prima, in città. Alle nozze torinesi non erano venuti: sarebbe stato troppo avventuroso e sfiancante, quel viaggio. E così, avevano atteso gli sposi nella casa di famiglia, dentro il freddo di una giornata come tante altre, con un distacco che attutiva i sentimenti e la trepidazione per quell'unico figlio rimasto che finalmente si era deciso a prendere moglie. Ma mentre l'apatia del vecchio padre era immemore da sempre, quella di Esmeralda veniva a tratti sfiorata da un ricordo remoto. Un'ombra timida che subito scompariva sotto il piede. Infatti rammentava qualcosa di una storia che aveva fatto molta voce, tanto tempo prima: la storia di una ragazza rapita dal ghetto di Torino e persuasa d'amore – ma forse era tutta un'invenzione per spiegare le successive nozze, un po' precipitose e tutto sommato tristi. Da lì in poi, Esmeralda non avrebbe saputo dire più niente di quel che era successo a quella famiglia con cui ora si trovava imparentata, un ramo più sotto dell'albero genealogico; del resto, non disse nulla nemmeno del vago fantasma di memoria che le sembrava di ricordare, ma che forse non era nemmeno quello... Non disse nulla né al marito trincerato nella sua indifferenza di sempre, né al figlio che era partito qualche giorno prima per il proprio matrimonio con l'aria cupa di chi s'accinge a un lungo viaggio controvoglia, con un misto di ansia e preoccupazione. Ne tornava ora, in compenso, con un guizzo insolito negli occhi e una rigidità nei baffi che pareva artefatta e non più naturale come prima – oltre che con quella sposa dalla giovinezza esagerata. Ma che pure in vita sua aveva già visto molto più di quanto non

61

avesse veduto lei: a Esmeralda bastò quell'unico incontro ormai inghiottito dentro un'altra stagione dell'anno per capirlo.

"La tua fidanzata parla troppo, per i miei gusti," aveva sibilato subito dopo.

"Lo so, lo so" era tutto quello che Arturo aveva trovato da dire, allora.

E quest'oggi, con una specie di orgoglio abbastanza ipocrita, dopo aver baciato sua madre che, rimasta in poltrona, gli aveva appena porto le guance con un gesto più di diniego che di trasporto affettuoso, le disse: "Claudia è di sotto. È diventata così taciturna."

"Non starei troppo in ansia per la sua voce, figlio mio. Sarà soltanto spaesata. Tu sei tornato a casa, lei non ancora."

"Ecco, signora, le ultime pezze," disse Brigida con voce squillante, gettando un'occhiata alla pendola in corridoio. Erano quattro canovacci, posti in fondo come le altre tele grezze e resistenti.

Claudia prese il fascio leggero e lo sistemò più in alto che poté, dietro.

"No, aspettate, c'è qualcosa sotto. O forse è la fodera del baule che si è slabbrata."

Un lembo di stoffa senza consistenza né colore restava in fondo al baule, rannicchiato contro un angolo come per farsi lasciare in quel buio. Era lì da talmente tanto tempo che le pieghe sembravano rughe anziane, grinze di un'enorme foglia secca.

"Ossignore, che vecchio!"

"Piano, Brigida. Anzi no, lascia stare. Quello può restare lì."

62

"Quello che?"

"È un velo antico. Non trasparente né di nozze, senza pizzi. È un velo particolare: è stato di mia nonna, e di chissà quante altre donne prima di lei. Non saprei proprio dirti perché sia arrivato proprio a me, e nemmeno in quale occasione si indossi, visto che non è da sposa – di sicuro, no. Attenta, rimettilo a posto, ché si disfa al solo sfiorarlo. O almeno pare che sia così. E non toccare le pieghe, soprattutto. Può restare nel baule, almeno per ora. Già, forse è stato dimenticato sul fondo fin da quando *Maman* l'ha riempito con il mio corredo. Lo lascerò lì per quando verranno a riprendersi il baule."

"Sissignora." Brigida rimise a posto il telo di stoffa dalla misteriosa natura con una prudenza impaurita, e subito dopo chiuse il baule delicatamente, proprio mentre la sua padrona faceva lo stesso con le porte del guardaroba.

"Ecco, abbiamo finito."

"Allora, signora, vado in cucina da Nilde. Grazie."

"Vai, vai." Ma la concessione di Claudia era poco meno di un lamento rivolto forse soltanto alla propria solitudine.

La grande casa soffriva il caldo. Pareva accasciata sulle fondamenta, più cupa che mai in quelle giornate d'afa paludosa che chissà da dove venivano. Il balcone centrale, al primo piano, risultava impraticabile: la ringhiera era ferro rovente, e anche la pietra sotto i piedi scottava per lunga parte del giorno. Dentro, l'umidità s'appiccicava addosso, e la notte il letto era zuppo di sudore fino alle quattro del mattino, quando un brivido freddo e malato svegliava dal prezioso scorcio di sonno. Per Claudia e la sua pancia anche solo attraversare la strada sotto il parasole per cercare l'ombra delle piante fiacche nel giardino era una fatica intollerabile.

"Ossignore, che caldo fa oggi!"

"Ieri anche, e ier l'altro pure!"

Brigida metteva ugualmente i punti esclamativi, alla fine delle frasi: si lamentava e sudava, il grembiale spiegazzato sulla figura; le mani e le gambe, però, sembravano indifferenti alla temperatura di quell'estate cattiva. Soprattutto con la signora in attesa: che crudeltà! Se fosse stata un po' meno grossa, Arturo l'avrebbe portata a rinfrescarsi a Lanzo, magari. Dai cugini milanesi. O a Valmadonna, benché la campagna non promettesse nulla di meglio, in quel mese d'agosto. Invece era dovuta restare in città ad aspettare il giorno del parto, troppo vicino per andare via.

"Povera signora," disse Brigida, porgendole il bicchiere d'acqua fresca dal vassoio, ma senza cedimenti alla compassione, quasi quel "povera signora" fosse ormai il suo nudo nome, sotto la campana della gonna lunga e la camicina bianca di canapa sottile come una garza.

"Nilde si è recata al mercato. Il signor Arturo ha detto di non aspettarlo per colazione, perché andava a Casale con il carretto, a prendere alcune merci."

"Non l'ho nemmeno sentito uscire di casa. Ho preso sonno soltanto all'alba."

"Povera signora."

Quel pomeriggio sarebbe arrivata la balia. Una balia di risaia, umida e lesta. Robusta, e con un viso largo e piatto di padella. Veniva da un casolare depositato in mezzo a un'immensa pozzanghera d'acqua rada e piantine, dove tornava solo per brevi periodi, fra un servizio e l'altro in

64

città: tre anni a Vercelli, qualcuno di più a Torino, e poi Alessandria, Casale... Genova, persino. Da giovanetta, non aveva voluto saperne di restare in quel posto che odiava sin dove la sua memoria giungeva: tre ali di piccole finestre e muri rossi, un nugolo di famiglie tutte imparentate, e tante rane, poco fieno, qualche smunto animale in cortile. E oltre il cortile, una pianura desolata a perdita d'occhio, anche al di là di un orizzonte incerto, incapace di scendere ancora più in basso della distesa di acque e canali, fango e canali, zolle e canali. Mentre le montagne, sull'altro versante della casa, erano solo un miraggio nelle giornate terse.

Claudia si ricordò della balia e, con un sorriso, si disse che ormai la sua compagnia era soltanto quella di cameriere e servette, come un oggetto troppo fragile fasciato di giornali per attutire i colpi, quando lo si trasporta. La balia avrebbe preso posto nella stanza al piano di sopra, comunicante con quella del bimbo. E chissà se qualche voce o il suo pianto sarebbero giunti, la notte, fino al suo letto. Ma era stato Arturo a decidere la disposizione: il figlio non ancora nato veniva deposto fra le due coppie, i genitori e gli anziani nonni, sempre più reclusi al piano superiore, resistenti agli affetti, ai colori sgargianti di Claudia e alla sua voce quando cantava verso la strada.

"Apri la finestra, Brigida. Chissà che non arrivi un poco d'aria."

Dai vetri spalancati non giunse un alito, ma solo un riflesso d'ombra dagli alberi del giardino. Claudia si chinò faticosamente verso la scatola del cucito e ne risalì tenendo una mano sul fianco, come per non perdere il fragile equilibrio; nell'altra, aveva un piccolo pezzo di stoffa. Un minuscolo ago vi era puntato sopra e, a guardare nella controluce piatta di quella mattina d'estate, si scorgeva anche il filo nella cruna. Brigida le accompagnò la sedia.

"Povera signora."

La cameriera fece per chiudere la finestra, ma Claudia la fermò.

"Lascia un poco spalancato: non è ancora ora delle zanzare. Se la dormono, loro."

"Va bene, signora."

Udì la prima nota nel preciso istante in cui, seguendo il muro della stanza oltre la porta, si diresse verso la cucina. Quasi non sembrava voce, ma il suono di uno strumento sconosciuto: archi e corde, tasti e fiato tutt'insieme. Era sottile e profonda, la sua voce che cantava, e risaliva dal petto ma anche da molto più giù, dal nido bagnato in cui flottava il suo bambino. Dapprima mormorò fra le labbra appena schiuse, poi divenne un canto aperto. Parole che Claudia aveva udito chissà quando e che forse nemmeno ricordava: erano solo giochi delle sue corde vocali, era la voce di quando, bambina (ma quanto poco tempo era passato, in fondo, da allora), andava a vedere l'ingresso del Regio, e udiva non udiva – quel che sentiva era solo un frusciare di gonne lunghe, un rumore di porte di carrozze che venivano chiuse, chiacchiericcio e passi di tacchi.

Via via che il silenzio di quella mattina d'estate accoglieva intatto il suo canto, la voce di Claudia cresceva. Nel giardino, un bimbo per mano a una donna si fermò, voltò il capo come per scoprire da dove arrivasse quella musica; poi riprese la passeggiata, richiamato dallo sguardo di chi gli stava accanto. Sul marciapiede passò un vecchio che trascinava un carretto pieno di fieno; rallentò, alzò lo sguardo con piccoli scatti di segugio, sorrise, trovò la finestra aperta e si fermò quasi sotto di essa, appoggiando la schiena contro il muro e sistemando il veicolo da una parte, per non intralciare il passaggio.

Ma anche Arturo sentì. Quella mattina, l'affare di Casale era andato a monte – per lui, senza troppo dispiacere. Se non altro, si era risparmiato un viaggio sotto quel caldo, e ora se ne stava tornando a casa con l'allegria composta di un bambino modello che per una volta sta allo scherzo. Arturo percepì la voce di Claudia a un isolato di distanza, dietro un angolo di case. Non era ancora proprio una voce, solo un fremito nell'aria ferma del mattino caldo, una vibrazione non ancora sonora. Oltre l'angolo della strada, la udì, sì. E nel breve momento che passò da quando la sentì a quando la riconobbe, fu pervaso da un'allegria incerta. Poi scorse l'anta della finestra spalancata e quasi vide l'onda di suono che usciva. E si fermò, come a prendere la rincorsa per la rabbia.

"È lei, è lei, è lei."

Quasi inciampò contro il carretto di fieno addossato malamente al muro della sua casa e, prima di varcare l'ingresso, indirizzò un'occhiata di fuoco a un passante che sorrideva, con l'orecchio teso e le labbra un po' troppo umide. Davanti alla porta chiusa, Arturo divenne una furia. Quell'uscio serrato era il peggior affronto, mentre la voce di Claudia se ne usciva dalla finestra spalancata e si spandeva nella calda mattina di Alessandria, sotto gli sguardi e alle orecchie di tutti. Sì, quella voce non era soltanto una vibrazione sonora: era un corpo. Quello della moglie. Insieme al suono, dalla finestra uscivano i suoi occhi, le labbra sottili, il seno sodo sopra la pancia liscia. La rabbia di Arturo pestò i piedi lungo il corridoio, ma si fermò dietro la soglia aperta della stanza con il guardaroba, quella dove il primo giorno del loro matrimonio Claudia aveva fatto portare una delle poltrone del salotto, e dove da allora aveva passato tante di quelle ore che non si contavano più – a cucire, ricamare, aspettare.

Perché la presenza viva di lei, che non fosse soltanto eco di voce o di memoria, trasformava tutte le passioni e i sentimenti di Arturo in un'unica cosa: un gomitolo di amore e gelosia? Poteva essere stanchezza o nervosismo, preoccupazione per una partita di pellame chiazzata di muffa o la tristezza che lo accompagnava sempre quando scendeva da casa dei genitori lasciandosi alle spalle quell'odore pesante di apatia verso la vita: alla vista di Claudia, tutto diventava soltanto amore e gelosia. Un bisogno di possesso cresciuto giorno dopo giorno dalla prima notte in cui l'aveva avuta.

"Taci, per favore! Taci, ti scongiuro! Non si può cantare così da mattina a sera. Ti ho udita sin da laggiù!" Il braccio teso di slancio finì con una specie di schianto contro l'armadio. "E che dire della gente che passa qui sotto? Si ferma e sorride, si scambia occhiate che conosco bene, ormai. C'è un carrettiere appoggiato al muro che ti ascolta chissà da quanto!" Arturo si affacciò dalla finestra, ma in tempo soltanto per vedere il carretto di fieno che svoltava dietro l'angolo. "Bene, se n'è andato. Almeno questo." La sua gelosia perdeva la mira dal bersaglio del momento – non tanto la figura dell'omino con il fieno, quanto la voce della moglie che ora taceva. Era geloso più della sua voce che degli sguardi rari di altri uomini, più della voce trattenuta dentro quegli sguardi che degli occhi addosso alla persona di lei.

"Taci, Claudia, taci. Non si può dare spettacolo in questo modo, affacciate così sulla strada. Ti ho sentito sin da dietro l'angolo della piazza. Si udiva soltanto la tua voce: l'hanno sentita tutti. È una piccola città, questa, e ci si conosce. Ci conoscono. Claudia, per favore. Basta!"

Ma quel "basta" non fu sufficiente.

Quella mattina, nell'istante in cui smise di cantare, Claudia s'assentò con la mente; poi, osservando la collera del marito sgocciolare nella gelosia, si rifugiò altrove, e riprese a canticchiare. Fu così che Arturo finì per prendere una decisione oscura, anche brutta.

"Da domani, se proprio vorrai cantare, lo farai soltanto con la finestra chiusa. Almeno questo."

Arturo era geloso di sua moglie e dell'aria di città che si era portata dietro offrendosi a lui per una vita che allora nessuno avrebbe immaginato di veder sfumare in così breve tempo, una mattina d'estate a Valmadonna. Poi, la finestra del piano ammezzato della casa padronale si era chiusa adagio sotto lo sguardo smarrito di un passante, davanti al giardino dove una donna camminava con un bimbo per mano, sulla curva della piazza e fin oltre l'angolo della via. Malgrado i vetri e persino le imposte, da quel giorno le arie d'opera continuarono a bruciare il gelo della nebbia padana, spessa e compatta, incuranti dell'amore geloso di Arturo. E la gente di provincia seguitò a fermarsi sotto la finestra chiusa di Claudia, attingendo dagli spiragli e dalle irrimediabili correnti d'aria, vaghe reminiscenze di fasti torinesi che la sua voce raccontava: l'ingresso del Regio e l'arrivo delle carrozze, le passeggiate per il centro della città. Come un invisibile cavallo di Troia, questo e altro propagavano le onde sonore di quelle mutevoli melodie, spartito della memoria e del rimpianto, nutrite ormai soltanto dall'amore esigente di un marito che conciava e commerciava pellami in una cittadina di provincia per lei senza storia.

Alessandria, 12 febbraio

Sorella mia adorata,

mi mancate tutti, e tanto che non c'è modo di scriverlo. Questa città è così piccola che mi fa sentire sperduta in mezzo ai campi, più che fra le sue case. Te l'avrò già scritto infinite volte, ma scrivere mi aiuta a rendere la memoria meno amara: quando sono arrivata la prima volta, non ricordo nemmeno il momento in cui la campagna si è interrotta: ricordo soltanto cascine sparse, terre, macchie di alberi disordinate. Poi improvvisamente è arrivata la piazza, quasi che qualcuno l'avesse staccata dal cielo basso per deporla qui, sulla mia strada. La nostra casa – vale a dire, la sua – mi è piaciuta appena l'ho vista: s'affaccia sulla piazza, anzi per meglio dire accompagna con le sue rotondità la forma della piazza. Ha una sua grazia austera, questa casa. Dentro, però, i primi giorni mi faceva un poco paura. Sentivo aleggiare il distacco dei genitori di Arturo e la loro vita reclusa due piani sopra di noi: non escono mai e, quando saliamo a trovarli, sembra che si riscuotano come se li avessimo svegliati di soprassalto da un bel sogno, interrotto per colpa nostra. Nemmeno adesso che è nato Eugenio si degnano mai di scendere, e pensare che è il loro unico nipote, per ora. Forse, compiuti i cinquant'anni, la vita diventa soltanto l'attesa di morire: è questo che penso ogni tanto, quando, al posto del fastidio avverto una certa compassione per loro – ma

70

poi mi torna in mente nostro padre. Ogni giorno che passa mi convinco sempre più che questa sia una specie di follia, ma con Arturo, come puoi immaginare, non c'è verso di parlarne. Il suo silenzio vale il loro: ho compreso col tempo che tutti e tre hanno una religione del silenzio, che quest'ultimo si ha da violare il meno possibile. Un giorno, lui mi ha proibito di cantare davanti alla finestra aperta. "Se proprio non potete farne a meno," ha detto, con un tono piccato che nascondeva chissà quali bollori, "chiudete bene i vetri. È una città piccola, questa. Li conosco gli sguardi della gente che passa, so che cosa dicono le persone le cui orecchie vi odono." Gli ho obbedito: non per paura né tantomeno per cortesia, ma perché questa sua richiesta mi ha intenerito. Però, ti prego, non dirlo a nostro padre: che resti un segreto fra noi due. Se egli sapesse che mio marito non mi lascia cantare, sarebbe capace di arrivare fin qui, rosso di collera, e magari anche di riprenderci con sé a Torino, me e il piccolo, non credi? Io sono convinta di sì...

E così canto ninnenanne alla culla: niente più arie d'opera verso il piccolo giardino che abbiamo di fronte – allora quasi mi sembrava di chiacchierare con gli alberi e le foglie. Del resto, l'inverno lo spoglia nudo, il giardino, e a guardarlo quest'oggi dalla finestra sembra un paese di spettri grigi, dentro una nebbia del colore del latte freddo. Non era affatto così la nebbia di Torino. Qui la senti che ti entra in casa e nelle ossa, e passano giorni in cui vedi soltanto quella coltre, con la casa che galleggia fra un velo e l'altro. Eugenio tossicchia e piange, prova a sputar fuori con il respiro tutta questa umidità. È tutta l'anima mia, questo bambino, ma sono così impacciata con lui che, allorché lo tengo in braccio, mi pare di sentire addosso lo sguardo severo della balia

71

anche quando sta nell'altra stanza. "Signora, perdonatemi, non così. Attenta alle braccine. E la testa..." E quando lo fascia stretto che provo dolore solo a guardarlo, me ne sto lì con le mie mani inutili. Tosto o tardi imparerò, mi dico, ma ho paura di sbagliare, toccare, fargli del male senza volerlo. La balia lo tratta come se fosse un fantoccio di pezza, eppure Eugenio la fissa incantato mentre scioglie i nodi delle pezze, pulisce e copre.

L'amore per lui non consola della lontananza da tutti voi, anzi. Più gli resto accanto, più desidero avervi vicini. Non ridere di me, cara Bianca. O invece, sì: fallo per tutte le volte che io ho riso di te, per tutti gli scherzi che ti ho fatto. Non provo nostalgia, ma solo il rimpianto che quel pezzo della mia vita sia finito: un rimpianto inutile, perché è avvenuto né più né meno quel che doveva avvenire, tutto qui. Soltanto che, da quando Arturo mi ha imposto di cantare con le finestre chiuse, mi capita di guardare indietro sempre più spesso, per colpa del silenzio: mi dici che senso può avere cantare soltanto per i muri, negando alla voce l'aria aperta? L'eco nella stanza non lo sopporto: mi sembra il fantasma di quando cantavamo fra noi, giocando a palla con le note. Così canto alla culla di Eugenio, sottovoce, perché dorma, e la ninnananna non ha per me alcuna memoria. Tu ricordi che nostra madre ci cantasse ninnenanne? Già, ma come faresti a ricordare, visto che sei quasi la più piccola. Scusami, Bianca, ma scrivo come se ti avessi davanti: scrivo e, mentre l'inchiostro scende dal pennino, vedo il tuo viso sul foglio, come dentro a uno specchio. A proposito, ho chiesto uno specchio grande ad Arturo, perché – figurati – non ce n'era nemmeno uno in casa, dentro l'anta di un armadio o contro il muro, che mi prendesse tutta, e anche la mia pancia la guardavo di sottecchi, sbirciando dall'ovale della toeletta, come faticosamente affacciata sopra un pozzo buio.

Ma non vorrei che mi pensassi disperata di solitudine, nostalgia e aridità. L'amore di Arturo mi avvolge, e io avvolgo Eugenio del mio – e così trascorrono le nostre giornate, taciturne, dentro una calma che col tempo incomincio ad apprezzare. Faccio qualche passeggiata abbastanza spesso, la città ti scorre in un baleno sotto i piedi; un pomeriggio alla settimana prendo il tè con le sorelle Carmi. Però vi aspetto con tutto il cuore, il mese prossimo.

La tua Claudia

Valmadonna, 25 luglio

Mio buon Arturo,

sono la una e mezza, ora in cui se fossi a casa si farebbe un po' di pelandronite insieme, mentre i bambini dormono. Probabilmente starai facendo la siesta nella tua stanza ma, poiché la giornata è abbastanza fresca e non ho bisogno di riposare, io voglio dedicare qualche momento a te. Se le cose vanno bene, domenica ventura la passeremo insieme. Sapessi come conto le giornate, come aspetto con ansietà la lettera in cui mi si annunzierà il tuo arrivo. I bimbi li troverai bene, se nulla arriva; se non sopraggiungerà una caduta ad arrestare i suoi progressi, per quella data Mario camminerà da solo. Metto sempre Eugenio e Giorgio a fare la siesta sull'amaca, e, quest'oggi, Eugenio voleva assolutamente che gli promettessi che al suo risveglio avrebbe trovato papà. Pensare che i primi giorni era così contento di dormire accanto a me, al tuo posto nel letto: figurati che la notte, di tanto in tanto mi abbraccia, anche dormendo.

73

Non ti nego che sono inquieta. La campagna è bellissima, quest'anno; il caldo non è molesto, non smorza i colori; e in tarda primavera le piogge hanno rinverdito i prati ai piedi delle vigne. Eppure è come se una brutta delusione mi aspettasse. Non che abbia veramente paura di una disgrazia, visto che le cattive notizie si sanno subito, ma non so. Quando ho fra le mani una tua lettera da poco ricevuta mi pare di essere più vicina a te; oggi, invece, senza tue notizie mi sembrava di non vederti da un secolo, e che la nostra separazione dovesse durare in eterno. A ogni modo, spero di ricevere posta domattina, foss'anche una cartolina: fammi il piacere di non lasciarmi senza tue lettere. Sono sempre senza cuoca: per buona sorte, ho Brigida che mi aiuta, giacché Mario in questi giorni, con la pretesa di camminare da solo, tiene una persona costantemente occupata intorno a lui. Clara si è fatta rivedere ieri, dopo la fuga. Naturalmente l'ho rimandata via: era dispiaciuta e ha addotto la scusa di essere stata malata e di avere anche dovuto fermarsi al paese per affittare un suo campo...

E adesso che ho finito di scriverti, sono già le dieci e mezza, ora in cui una buona madre di famiglia non manca di andare a letto.

Tanti baci dalla tua

Claudia

La strada sterrata tagliava di netto l'orizzonte. Sul ciglio, qualche albero ogni tanto, un rivolo facile a diventar fango, more ancora da maturare. Ma la monotonia del paesaggio era una specie di illusione ottica, quando i campi terminavano e giungevano incontro rade colline bombate, filari d'uva, la chiazza grigia di un pozzo e un boschetto, un poco più in là, opposto alla casa. Di questa si scorgevano soltanto il tetto rosso acceso e il pergolato; l'edera nascondeva tutta la facciata e attutiva la luce nel grande stanzone con la balconata su cui s'aprivano le stanze, al piano di sopra. Una casa strana: né villa né cascina.

Un ragazzino trafelato arrivò quella mattina di fine luglio, dopo aver tagliato di corsa l'orizzonte dalla strada per Alessandria lungo tutto il sentiero – di corsa e di spavento. Un ragazzino affannato, nipote di Clara – la cuoca che se n'era andata qualche giorno prima, una mattina presto e senza nemmeno salutare, e poi era tornata a chiedere perdono, ma invano. La signora l'aveva congedata con gentilezza, senza rancore per quella defezione improvvisa.

"Mi dispiace, Clara, ma è troppo tardi, ormai. Brigida s'industria in cucina per il momento, ma aspettiamo una ragazza, una lontana parente della domestica di mia madre a Torino. Ti farò sapere. Ora chiamo i bambini, a darti un bacio."

Clara se ne andò con i baci di Eugenio, Giorgio e Mario stampigliati su un unico lembo della guancia, che sapeva d'amaro disappunto. Da lì a qualche giorno, il caso avrebbe fatto correre suo nipote nella direzione opposta, tirandosi dietro come un filo ruvido di corda aggrovigliata l'urlo della disperazione che cucì la voce di Claudia per sempre.

"Signora, ssignora, sssignora, ssssignora!" Nené provava a gridare, ma il fiato gli si strozzava tutto in gola ormai, lungo la via dritta come un fuso, due chilometri di gambe che s'erano rincorse e di grida, dall'incrocio della strada per Alessandria. A pochi passi da lì, il carretto era fermo sul ciglio, mezzo incastrato fra il fosso e la via, le redini molli e il cavallo che brucava, stanco di calura e di viaggio.

Nené, invece, arrivò asciutto e freddo alla villa: non un rigo di sudore sopra la faccia spalancata dallo spavento. Davanti all'ingresso si fermò, vinto dall'inesorabile come il cavallo qualche tempo prima, dopo aver ciondolato a lungo per la strada senza più guida. Appoggiò le mani sulle ginocchia, spingendo forte i piedi contro la terra morbida.

"Nené, che succede?" chiese Brigida, da dietro una finestra, ma chissà quale. Il ragazzo guardava in basso, come per trattenere il suo fiato corto, strozzato in gola insieme al grido, alla paura.

"Ssssssignoraaa..." E la finale si concluse in una specie di ululato.

"Chi è? Che c'è?"

La signora uscì dalla porta con un piccino in braccio, e a Nené mancò tutto in quel momento: le parole per raccontare, la paura di quel cadavere riverso sul carretto, il pianto di bambino smarrito. E meno male che al "Che c'è?" della signora Claudia fece subito eco la voce del fattore, che quella mattina era andato in villa per parlare con la padrona di alcune faccende. Infatti, la casa era circondata da un po' di terra coltivata, senza contare la cascina con i mezzadri ai piedi dei colli di Valenza, e da qualche tempo ormai se ne occupava la signora, non più il signor Arturo. A dire il vero, si parlava più di rose e gelsomini da piantare in giardino, e da seguire giorno dopo giorno, che di colture a riposo, vigneti fiacchi e granturco.

"Che c'è, Nené? È successo qualcosa?" domandò il fattore, da dietro le spalle della signora Claudia, e subito do-

76

po ebbe la prodigiosa prontezza di scostare la padrona con un gesto gentile, quasi impercettibile, per uscire prima di lei sotto il pergolato, raggiungere Nené e guardarlo negli occhi – prima di lei e prima che fosse troppo tardi.

In effetti, era già troppo tardi, ma non per trattenere la signora in casa ad aspettare mentre lui correva con Nené lungo la stessa strada di terra battuta, fino al bivio per Alessandria.

Da quel momento, la giornata si sciolse lentamente in un andirivieni per il sentiero: prima a piedi, con passo svelto, e poi di corsa di nuovo verso la casa, e quindi con il carretto recuperato con uno sbuffo tristissimo dal fosso, riportato sulla strada insieme al suo carico ormai morto e condotto sino alla villa. E Nené dietro, a piedi, perché non c'era stato verso di farlo salire a cassetta, con il povero signor Arturo disteso dietro sul legno nudo, che dondolava come un sacco mezzo vuoto a ogni buca della strada, a ogni sasso di troppo sotto le ruote. Brigida s'era chiusa in casa con i bambini: la porta sprangata come in una notte di neve per scacciare il freddo, e magari anche i lupi.

Claudia invece uscì oltre il pergolato e attese impassibile come una statua di sale. Aspettò senza un singhiozzo né una parola, finché non vide in lontananza il carretto. Prima il muso chino del cavallo, gli zoccoli che quasi strisciavano sulla polvere della strada sterrata per tardare il più possibile quel ricongiungimento assurdo, poi la sagoma del fattore seduto sulla panchetta con le redini molli fra le mani, e quindi quella smisurata cassa da morto scoperchiata – e dietro la marcia sgomenta del povero Nené, che chissà cosa aveva spinto quella mattina sulla strada per

Alessandria, qualche minuto dopo che il carretto s'era infilato nel fosso. E chissà quante volte i quattro zoccoli avevano lasciato e poi incontrato di nuovo la strada, dopo l'agonia fulminante e le redini strette, storte, infine cedute dallo spasmo delle mani.

Allora Claudia gridò. E fu un grido lugubre, prolungato e sottile come una sirena, protratto per ore e giorni e notti: un grido che passava sotto lo spiraglio della porta chiusa, fra i filari di uva ancora di un verde opaco e spesso, raso terra sulla strada infinite volte avanti e indietro, fra le orecchie del vecchio cavallo stanco, dalla finestra spalancata della casa di Alessandria dove non c'era più nessuno, perché per loro buona sorte i genitori di Arturo se n'erano andati a distanza di poche settimane l'uno dall'altra, tredici stagioni prima di quell'estate, e ora nei momenti più brutti, come all'alba quando la prima luce filtrava dalla porta e feriva il grido, anche Claudia si augurava di fare la stessa fine, di morire appena finito di piangere come aveva fatto suo suocero. Lui, però, non aveva gridato: era diventato di pietra, e poi aveva dovuto venire proprio la morte a inflaccidire quella sua rigidità che forse era dolore o forse la coda della loro follia.

Era stato un attacco di cuore. Un momento di dolore altissimo, profondissimo – e poi più nulla. Né il sole ancora gentile di quell'ora del mattino dentro un'estate felice, né la curva della strada poco prima dell'incrocio con il sentiero per la villa, né lo sguardo incerto di Nené che aveva scorto il carretto fermo sul ciglio della strada, in quella posa instabile come se fosse stato chino verso i campi, intento a raccogliere un fiore, un quadrifoglio.

Lei non tornò più a Valmadonna.

78

Non per sempre. Per un anno. Un anno in cui smise di aspettare: Arturo che arrivava da Alessandria, suo padre che veniva da Torino sempre con un regalo di stoffa, Bianca, i bambini diventati adulti.

Bianca morì di parto, un mattino all'alba, sotto un temporale precoce, quando a Torino e ad Alessandria era già una sera inoltrata d'autunno. La notizia arrivò la mattina successiva con un telegramma da San Miguel, lasciando oltre al dolore, allo strazio e all'immagine piccola di lei insieme alla sua neonata, anche l'orrore di quel presentimento che era marcito dentro Claudia sin dal tramonto della sera prima, allorché si era ritrovata a pensare a sua sorella e a quel che di lei non ricordava più, dopo anni di lontananza.

"Mi sfugge il suo viso, non lo trattengo più," aveva detto, chissà se a se stessa o a Brigida, appena messi a letto i bambini.

"Ossignora, come siete pallida! Vi preparo un po' di vino caldo."

"No, lascia stare, mi dà il mal di testa. Un canarino, piuttosto, e senza zucchero."

Brigida andò in cucina a far scaldare l'acqua e la scorza di limone. Erano preziosi, quei frutti gialli, cinque in tutto: li aveva portati dalla Riviera un'amica della signora, e quel lieve sentore di asprigno era uno svago ogni volta che Brigida tornava in cucina. Ne prese uno già intaccato e tagliò una striscia di buccia, misurandola con gli occhi. Il silenzio era tale che si udirono prima l'attrito del coltello sulla scorza e, subito dopo, persino il minuscolo sprizzo di

79

succo dai pori del frutto. I bambini dormivano tranquilli, come se la perdita del padre li avesse intorpiditi più che addolorati o privati di qualche cosa d'insostituibile. Erano diventati taciturni anche durante il giorno, nei loro giochi. Eugenio, soprattutto, che aveva sei anni. Soltanto lui aveva conosciuto la zia Bianca, perché Mario e Giorgio erano nati dopo la sua traversata dell'oceano insieme al marito, all'indomani delle nozze. Achille andava a dirigere la filiale di una ditta commerciale torinese, e Bianca non ne aveva voluto sapere di restare a Torino ad aspettarlo. Chi avrebbe mai immaginato tutta quella cocciutaggine in lei, così minuta e remissiva, e tuttavia capace di un tale trasporto di cuore. Era partita beata alla ventura, senza un briciolo di rimpianto o di preoccupazione, con l'entusiasmo di una gita in campagna, nutrita da quell'amore che l'aveva trasformata. Da allora, di lei arrivavano soltanto sbrigativi saluti in fondo alle lettere che Achille spediva diligentemente ai genitori e ai suoceri, in rigorosa alternanza, per non fare torto a nessuna delle due famiglie.

Comunque, Eugenio non ricordava affatto la zia Bianca, perché la prima e ultima volta che l'aveva vista era poco più che un neonato, fasciato stretto nei suoi panni, in braccio alla balia.

Il telegramma di Achille arrivò dapprima a Torino, e quando la notizia giunse fino ad Alessandria in forma di lettera urgente, lui cavalcava già verso Panama fra le foreste e le montagne del Centro America: una corsa disperata e inutile, il più possibile lontano da quella tragedia, dentro un affanno che era persino peggio di quel dolore d'aver perduto tutto e della sua incapacità di restare ancora un momento sotto il tetto della loro casa – dopo il parto tremendamente silenzioso (la bambina bianca e lucida come un cencio bagnato che appendi fuori ad asciugare, ma all'improvviso viene un acquazzone) e l'ultimo respiro di Bianca, che lui le aveva rapito dalla bocca e dagli occhi chiusi.

"Signora, le ho portato l'infuso. È tardi, perché non si corica?"

"Non ho sonno. Ma tu vai pure a dormire, Brigida." Claudia affondò di nuovo lo sguardo nel giornale, sotto una luce ristretta che le consentiva di leggere solo rigo dopo rigo. Quand'era troppo tardi per ricamare, leggeva, nello studio che era stato ricavato al piano più basso della casa dopo un avvicendarsi di spostamenti, con la morte di Arturo e il desiderio di avere vicini tutti e tre i bimbi, la notte e il giorno.

E così il primo segno del nuovo lutto fu un'insonnia molesta e insolita, che coprì la notte di una patina appiccicosa, e la mattina dopo allegò il corpo di Claudia come un frutto acerbo fra i denti. Finché non arrivò la lettera, e fu uno strazio muto; poi il viaggio verso Torino, per la prima volta affidando i bambini, per leggere quel che gli occhi dei genitori le avrebbero consentito di leggere. Una settimana, rimase nella casa dove non era più tornata dopo le nozze, a tacere in compagnia del volto impietrito di Vitta, invecchiato di colpo, e dietro la porta chiusa della stanza dentro la quale la madre viveva il suo lutto rabbioso per la figlia che aveva compreso meno di tutte.

Ma sopravvivere a due figli – Tullio l'aveva perso di scarlattina, allorché cominciava appena a crescere – era davvero troppo per Vitta, che morì di cuore un mese dopo Bianca, esattamente nello stesso modo in cui era morto Arturo: tirando il fiato e non liberandolo più, per strada, una mattina qualunque andando al lavoro, come aveva continuato a fare malgrado le tragedie che il destino centellinava, quasi a ripagarlo malignamente dell'allegria con la quale lui l'aveva trattato sino ad allora.

Trascorsa la settimana di lutto, Claudia tornò ad Alessandria, con una domanda in sospeso per se stessa, un quesito che tale sarebbe rimasto a lungo: ritornare a Torino o restare ad Alessandria? Il commercio di Arturo l'aveva venduto quasi subito, senza rimpianto. Nulla la tratteneva più nella casa sulla piazza, se non il rispetto verso il nome dei suoi figli – e fors'anche una solitudine cui s'era affezionata. Tornata a casa, aprì l'armadio con i vestiti colorati che non metteva più da quando era morto suo marito.

"Ossignore, che odore di chiuso!" esclamò Brigida.

"Lascialo aperto fino a questa sera, e metti i vestiti sul balcone, a prendere aria. Controlla che non ci siano buchi e rammendi da fare. Da' una spazzolata ma, mi raccomando, con gentilezza e senza usare le tue solite maniere forti."

"Mamma, che belli! Di chi sono?" Giorgio non ricordava sua madre dentro quei colori.

Claudia sorrise, ma non seppe che cosa rispondere. Però, chissà perché, in quel momento decise che sarebbe rimasta: forse perché l'assenza di Arturo e di Bianca e di suo padre pesavano meno nella solitudine di Alessandria, dove la nostalgia, a parte l'amore di possesso geloso di suo marito, aveva ben poco cui stare aggrappata.

Era successo già quel giorno, al suo ultimo ritorno da Valmadonna, stampato dentro gli occhi, con l'inchiostro salato delle lacrime senza uscita, il corpo inerte di Arturo dentro il carretto. Aveva aperto l'armadio, e quell'inchiostro aveva diluito i colori dei vestiti in un'opacità uniforme, impassibile alla luce che l'aveva spinta un passo indietro, di scatto. Non era di questo che andava in cerca, bensì di un nero profondo che non fosse l'amalgama di colori perduti, ma piuttosto l'assenza di ogni tinta. Chiamò la sarta e fece spazio nel guardaroba.

Da allora, non aveva più smesso quei vestiti neri.

Non per lutto, portava il nero, bensì per soffocare la nostalgia dei colori, e lo sgomento di quando, quel giorno, dietro il velo opaco delle lacrime, non li aveva più riconosciuti. Il lutto era il velo a dirlo. Il velo che aveva estratto dal baule come spinta da una predestinazione finalmente riconosciuta. Chiusa l'anta dell'armadio, quel giorno Claudia si era girata e aveva scorto il baule. L'aveva aperto e si era chinata verso lo spazio vuoto che teneva racchiusi gli anni da quando era arrivata sposa ad Alessandria e il corredo era stato spostato nell'armadio. Solo le pieghe del velo erano rimaste là dentro, intatte, finché il gesto di due mani, o meglio di quattro dita appena, non lo sollevò, senza sentire alcun peso a rivendicare la forza di gravità; poi lo aprì, facendo cadere un pulviscolo invisibile che sapeva di deserti e tempi remoti, di dolori passati e altri ancora da venire, di attese talmente lunghe da non sapere più che cosa si aspetta.

Quello era il colore che cercava: né bianco né nero, e nemmeno rosso, blu, verde – niente che potesse assomigliare a un colore. Il tessuto raccoglieva la luce e la trasformava in una chiazza torbida fra trama e ordito, come una filigrana di ghiaccio iridescente, in altissima montagna. Claudia cercò di sentirne l'odore, ma il velo non sapeva di nulla. E anche il contatto delle mani e dei capelli risultava solo apparente, come se un'intercapedine di tempo e distanza impedisse di raggiungere l'impalpabile stoffa.

"Ossignore! Povera signora!" esclamò Brigida, la prima volta che la vide uscire vestita di nero dai piedi sino al volto, con il velo che cadeva dal capo sulle spalle, poi fin giù sotto i gomiti. Non copriva nulla: anzi, era come un dire di sé più del necessario – esporsi, quasi. Da quel giorno, Claudia divenne "la Vedova" negli scambi sommessi di parole fra bottegai, dietro il banco della pasticceria, fra i portieri delle case vicine.

"Però, che portamento, malgrado il dolore... E che vitino da vespa... E lo sguardo: severo e seducente nello stesso tempo..." commentavano.

Lei usciva di casa con il velo addosso e la testa ben sollevata, il busto impettito che guardava in avanti insieme agli occhi verdi.

"Aspettiamo che passi," diceva agli alberi del giardino di fronte alla finestra, preda di una fioritura precoce quell'anno. Le stagioni passavano, più o meno precipitose. C'era stato un autunno abitato dal grido del suo lutto che non le lasciava requie. Aveva gridato per giorni e giorni, dopo la vista di quel carretto; aveva gridato con le corde vocali tese e quasi impazzite, ma anche senza suoni, per non interrompere il sonno rado dei bambini, finalmente a casa. Poi era venuto un inverno più mite del solito, con sequenze senza fine di sole e una brezza lieve. E ora ecco una specie di primavera che già sbadigliava.

"Signora, attenta!" gridò in quel momento uno dei tre operai, vedendola sporgersi dalla finestra, mentre si avvicinava con una strana scopa di saggina dal manico particolarmente lungo e dalla spazzola più corta del normale. Claudia aveva deciso, per la Pasqua, di far ripulire la facciata della casa e, sotto i colpi di spazzola e sapone, sulla strada ora cadeva il liquame torbido di un tempo lungo. Si scostò appena in tempo per evitare lo sgocciolio, proprio sopra la sua finestra aperta.

"Aspettiamo che passi," ripeté, voltandosi verso Giorgio, spuntato sulla soglia della stanza del guardaroba, perché sapeva che lì avrebbe trovato la madre, intenta a ricamare. Una buffa pioggia grigia occupò per qualche istante la visuale: pareva quasi una grata giunta a separare loro dal giardino in fiore.

"Non ci crederai, bambino mio, eppure devi crederlo...": iniziavano così tante sue storie. Claudia si sedette alla finestra e, appena si fu sistemata, prese a lisciarsi la gonna: era il solito gesto con cui accoglieva in braccio uno dei tre figli, che lo desiderassero o no. Giorgio si avvicinò con entusiasmo docile, ma senza mai distogliere lo sguardo dal lembo di cielo striato da quella pioggia.

"Non ci crederai, ma mio padre mi raccontava che sua madre gli raccontava di quando si ricordava dei tempi del ghetto, a Torino. Ebbene, le case del ghetto non avevano un grande portone di legno spesso come il nostro – che pare l'ingresso dell'aldilà, alto e scuro com'è. No, bambino mio, le porte del ghetto di Torino erano le uniche in tutta la città – e sapessi quanto è grande, Torino! – in ferro battuto, a grate. Così i gendarmi potevano guardare dentro, nel cortile, e spiarci. Bastava piegare un poco il capo, di qua e di là, così..." Claudia s'atteggiò nel gesto comico di un uccello notturno, che muove a scatti la testa più per udire che per guardare. "... e vedere tutto, là dentro. Dal cortile agli abbaini, passando per i balconi. Lei li ricordava ancora, anche se era piccina piccina, più di te, quando il ghetto fu chiuso – anzi, aperto! –, e i gendarmi sparirono dall'isolato. I cancelli, invece, sono rimasti. E sapessi quanto sono ancora belli, visti da fuori, non dal cortile. Ogni tanto, mio papà ci portava a spasso fin là: me, le tue zie e il povero zietto che non hai mai conosciuto. E noi giocavamo a fare i gendarmi, dalla strada, guardando dentro e ridendo come matti. Anche il nonno Vitta rideva, eccome se rideva!"

"Quando andiamo di nuovo a trovare il nonno?"

"Presto, presto, bambino mio. Aspettiamo che finiscano di lavare qui fuori. Poi sarà Pasqua, e allora andremo tutti a Torino. Ma il viaggio è lungo, lo sai anche tu. Te lo ricordi, non è vero?"

"Sì che me lo ricordo. Il cavallo e gli zoccoli che fanno tanto rumore."

"E la strada che non finisce mai. E tanti alberi, molti più di quelli!" concluse, indicando la chiazza del giardino. Poi, dopo un momento di silenzio, aggiunse: "E la luce sul soffitto, nella casa di nonno Vitta e nonna Olimpia. Che grande!"

Quel lampadario di cristallo era davvero troppo vistoso, pensò Claudia, con un miscuglio di sufficienza e nostalgia. In compenso, i gingilli trasparenti e i portacandele risuonavano come un'arpa, quando la finestra aperta lasciava entrare la brezza della Valle di Susa. Solo quella li faceva suonare: era proprio un bel ricordo.

'Aspettiamo che passi,' pensò, riferendosi a se stessa e alla solitudine, e non allo spazzolone sulla facciata. Eppure le pareva d'aver smesso di aspettare, un giorno. Tuttavia, nonostante ciò, aveva continuato ad attendere: che il dolore se ne andasse, che le stagioni le dicessero che era valsa la pena di tutta quell'attesa. Non vedeva crescere i suoi figli, ma sapeva che stavano diventando grandi. Giorgio ormai, sollevandosi sulla punta dei piedi, si affacciava oltre il davanzale. Adesso scese prudente dalle ginocchia della madre e appoggiò i gomiti sul piano di marmo, per osservare i tre operai al lavoro. Uno di loro fischiava, e a Claudia venne in mente che il grido di quel giorno d'estate le aveva tagliato il canto come Arturo non era mai riuscito a fare, da vivo. Ora la finestra era aperta, ma la voce taceva.

'Aspettiamo che passi,' pensò nuovamente Claudia. Prima o poi mi tornerà la voce per cantare.'

Prima del suo canto, però, la casa ebbe un colore nuovo: il grigio divenne un bianco opaco, eppure tanto più luminoso del bianco di prima, e persino gli alberi della piazza parevano guardarla in modo diverso, con soddisfazione. Ogni volta che Claudia usciva, con l'abito nero e il velo incolore che dal capo scendeva ben oltre le spalle e i gomiti, per tornare sceglieva la via che le desse da più lontano possibile la visuale della casa con la facciata ripulita: in ciascuna di queste occasioni, si diceva quanto fossero stati ripagati la fatica e i disagi della pioggia di sporcizia scesa per giorni e giorni dal muro sulla strada, pozzanghere spaesate nelle giornate di sole.

Dopo la precoce fioritura, ci fu un rigurgito d'inverno, ma Pasqua cascò dentro una specie di strana estate che Claudia non poteva cogliere dentro l'abito nero, impermeabile alla luce e alla calura. Partirono per Torino una mattina presto, prima che il sole sorgesse – Claudia, i bambini e Brigida, come al solito. Tornarono esattamente due settimane dopo, quando tutto era ormai sfiorito e aveva lasciato soltanto un verde diffuso e invadente lungo la campagna e persino nel giardino davanti a casa. Ma, per tutti, lo spettacolo più bello fu proprio la facciata vista dalla carrozza, che sembrava andar loro incontro per l'entusiasmo di essere stata rimessa a nuovo. I bambini proruppero in un'esclamazione di sorpresa, Brigida anche.

"Ossignore, com'è bella la casa! Sembra un'altra, perfino!"

Alcuni mesi prima di allora – tre da quando Arturo era mancato –, in un giorno di fine ottobre, Claudia aveva deciso che era giunto il momento di tagliare un pezzo del velo.

Perché ogni giorno, ogni settimana di solitudine valeva nodi tenaci di trama e ordito. Ogni giorno, nell'eco di quel grido, prima strozzato e poi esploso e quindi soffocato di nuovo, lasciato in disparte per qualche saltuario sorriso, era un pezzo del velo. Memoria di lutto e granelli di sabbia che scendevano spasmodicamente lenti, gocce di pioggia finta a lavare un muro di casa dopo tanto tempo.

La mattina dopo, spiò la luce che sorgeva dalla porta della cucina affacciata sul cortile silenzioso, e quando reputò che fosse sufficiente per seguire l'ago e il filo, attraversò il corridoio ed entrò nella stanza del guardaroba.

Era molto presto. Nilde stava facendo la strada opposta; aveva tre forcine in bocca e una fra le mani immerse nella crocchia di capelli bianchi, e l'affanno nelle vecchie gambe.

"Signora, già in piedi? Come mai?"

"Ho preso sonno così presto, iersera, che stamani ho sentito i primi canti degli uccellini. È una bella mattina."

Socchiuse la porta della stanza, lasciando che un filo di luce passasse dopo di lei.

Il baule era rimasto sempre nello stesso punto, addossato al muro, ma senza sfiorarlo: una sottile intercapedine d'aria lo separava dalla parete. Claudia prese dall'armadio l'occorrente per il cucito. Era conservato in una scatola rossa i cui piccoli ripiani s'aprivano come una fisarmonica rigida, svelando via via il minuscolo contenuto: aghi, spilli, un uovo di legno per i rammendi, fili di tutti i colori e le sfumature che l'occhio poteva immaginare, nastri di tessuto, quattro minuscoli cuscinetti, forbicine di diverse dimensioni, un piccolo uncino di ferro, qualche matassina di lana, bottoni di madreperla iridescente che, senza abito intorno, avevano un che di magico. Non trovò quello che cercava, e così si alzò per dirigersi verso la cucina. La stanza, tornata vuota per un momento, sembrò respirare fuori dall'inquietudine di quella comparsa così mattiniera e insolita. Ma Claudia rientrò subito dopo, lasciando a metà il sospiro d'aria nel silenzio del giorno appena incominciato: tornò con un grosso paio di forbici marrone, non da cucito né da scartoffie. Forbici capaci di potare rose e trinciare filo da cottura. Le posò sul tavolino rotondo che stava accanto alla poltrona, dalla parte opposta rispetto alla finestra, ora aperta dalle sue mani come per ridare il fiato alla stanza interdetta dalla sua presenza così mattutina.

"Ecco fatto," disse a voce alta, scandendo le due parole quasi avesse avuto davanti una classe intera di scolaretti. Lasciò le pesanti forbici sul tavolo e, con lo stesso gesto, abbandonò anche il pezzo di velo tagliato. L'aveva guardato a lungo, prima, misurando con il pollice e con il mignolo la lunghezza da togliere al suo lutto. E poi... un colpo netto, metallico. Un'unica sforbiciata per tutta la larghezza del tessuto, accompagnata dal rumore acido delle due lame insieme, in fondo al quale – giunte che furono all'ultimo incrocio di trama e ordito – cigolava un'eco di ruggine.

"Ecco fatto," ripeté con il medesimo tono, dopo che ebbe tagliato anche sulla seconda estremità. Ora due strisce del velo giacevano morte e abbandonate sul tavolino, accanto alle forbici. Claudia le guardò talmente a lungo che il sole fece in tempo a piegarsi verso la finestra, oltre che a passare nello spiraglio della porta, insieme a una costellazione di pulviscolo. Il resto del velo, incolore come i granelli di polvere in controluce, le era rimasto in grembo – sembrava un animaletto addormentato. Allungò le gambe per sentirle meglio e sgranchire i piedi, e il velo scivolò inerte sul pavimento, risvegliandola da una specie di sonno da dentro il quale stava accarezzando quell'ora del mattino in cui era solitamente imbambolata sotto le coperte, immersa in un lento risveglio, con le orecchie tese verso la stanza dei bambini e gli occhi ancora chiusi. Claudia si precipitò a raccoglierlo. Poi, con il tessuto nuovamente in grembo, si chinò verso la scatola del cucito. Si sollevò prima l'ago di lei, seguito da un filo sottilissimo, color della trasparenza.

"Che mani, signora!" esclamò Brigida, estasiata. I palmi della domestica poggiavano sulle spalle di Eugenio, il primo ad alzarsi forse perché era il più grande e gli sembrava di dover vegliare sulla mamma. Rimasero tutti e due lì, sulla soglia, un grembiale e un pigiama piccolino, a guardare Claudia che dava i primi punti all'orlo nuovo del suo velo di lutto, un poco più corto a segnare il tempo già passato di vedovanza e solitudine. Ed erano davvero belle da vedere, quelle mani che disegnavano la luce con ago, filo e stoffa: una a trattenere il tessuto sfuggente, nella consistenza e nel colore cui nessuno era riuscito a dare un nome, l'altra a tracciare nell'aria dei tratti lenti fra l'ombra e la luce.

"Andiamo, pulcino, è ora della prima colazione, sennò farai tardi a scuola," disse Brigida, spingendo Eugenio verso il corridoio. Lo accompagnava sempre lei, appoggiandosi sulle spalle il soprabito, anche nelle mattine più fredde: non lo indossava mai sopra il grembiale, e d'inverno accoglieva il bambino sotto quell'ala calda e svolazzante, quasi a prolungare la permanenza sotto un'immaginaria coperta.

Brigida tornò da scuola, spazzò tutta la casa, rivoltò i materassi come faceva una volta alla settimana, uscì di nuovo per andare a comprare la verdura al mercato, stette un bel po' a chiacchierare con Ugo all'angolo di via San Gaudenzio, e si tolse le scarpe davanti all'ingresso di servizio prima di entrarvi, perché aveva le suole incrostate di terra – come suo solito non guardava dove metteva i piedi (parole di Nilde). In quel preciso momento, la signora stava chiudendo la sua cucitura con un nodo stretto, senza via di scampo: l'orlo era finito, pareva più un ricamo che un'estremità. Una sequenza di punti minuscoli e perfetti, incastonati nel tessuto.

Adesso lei si alzò, finalmente; quando si rizzò, i capelli ancora sciolti incontrarono il raggio di sole proveniente dalla finestra; le sue gambe indolenzite si svegliarono con un formicolio caldo. Claudia prese dal tavolino i due pezzi di velo che aveva tagliato e, senza ripiegarli, li lasciò cadere dentro il baule. Cascarono lentamente, come ignari della gravità – loro e della terra.

"Ti sei già accorciata il velo?" le domandò Olimpia, qualche giorno dopo. Ma la sua non era una vera domanda, piuttosto un rimprovero. La vedovanza precoce della figlia la turbava. Non era tanto l'ansia per lei e i suoi figli piccini, quanto la triste compostezza di quella condizione: Claudia era ancora troppo giovane e troppo bella per restare così, e per come lei la conosceva, avrebbe riservato qualche sorpresa. Ma sua madre la conosceva molto meno di quanto non fosse convinta. Vitta l'aveva guardata, invece, senza pensare al tempo trascorso, né a quello che era ancora da venire, quasi sapesse che tanto poco ancora gliene spettava da vivere: la guardava con amore paterno, e basta.

"Madre mia, sono passati ormai tre mesi da che Arturo non c'è più: non ho tagliato per dimenticarlo, anzi. Ho levato due mignoli al velo, tutto qui."

E così, un giorno dopo l'altro, lungo una distanza a cavallo fra due stagioni susseguenti – un autunno come gli altri e un inverno né più freddo né più caldo del solito, con la medesima nebbia appiccicata al cielo e alla terra di Alessandria –, Claudia aveva ricucito il suo velo di lutto tagliato per Arturo, perché un lutto nuovo incalzava quello vecchio, e poi un altro ancora. E quel vecchio tessuto venuto da chissà dove assorbiva lacrime e sentimenti pur restando intatto, impassibile al tempo e all'attesa che tutto passasse, prima o poi. Forse.

Persino il filo nero, sfrontato, che usò per ricucire l'estremità e allungare di nuovo il velo, sparì nella trama indecifrabile del tessuto: non un solo punto si vide più, quando fu completato il lavoro. Una volta per Bianca, e poco dopo per Vitta. E ancora mentre l'ago passava, i pensieri fuggivano il più indietro possibile, fors'anche fino al bacio di nozze. E fino a prima, prima di quando si era chinata sul baule rimasto chiuso dall'ultimo taglio, dentro i due orli sfilacciati che aveva via via tagliato in segno della distanza sgocciolata dal dolore: un pezzo dopo qualche mese che Arturo era scomparso, e un altro – più lungo – quand'era ormai passato un anno di vedovanza e solitudine, di domande dei bimbi lasciate in sospeso, di ansie taciturne.

Se n'era accorta subito, Olimpia, vedendola arrivare a piedi, mentre era ancora distante dalla grande casa di Lanzo dei cugini Franco di Milano – Claudia con i due bambini più grandi per mano, il piccolo Giorgio in braccio a Brigida, dietro di loro, e qualche passo dopo il facchino con i bagagli sul carretto. Il velo non scendeva più oltre i gomiti: si fermava prima, sospeso nell'aria – era persino più visibile, in questa sua volatilità. Esmeralda, la bambina più grande di Cesira, uscì di casa incontro ai cuginetti e, correndo, inciampò addosso al vestito nero della zia, lasciandovi impressa una pedata di terra secca come polvere. La bambina arrossì come un papavero, e Claudia scoppiò in una risata nuova: era passato così tanto tempo che nemmeno rammentava quando aveva riso l'ultima volta. Si chinò sulla bambina, la prese in braccio e la fece volteggiare con le gambe all'aria: aveva già cinque anni, ma era così sottile e leggera. Tutta ossicini e un musetto da topo.

"Diventerà una scrittrice," ripeteva sua madre, cercando invano un po' di grazia in quel viso e quelle misure, ma senza rassegnazione.

"Secondo me, avrebbe dovuto tagliarlo prima. Anzi, stracciarlo, quel velo. E poi, chissà da dove viene. Ha un aspetto così vecchio, sbiadito. Scopriti i capelli almeno qui in campagna, Claudia."

"Mi aiuta a sentire il tempo che passa, tutto qui. Comunque, non lo porto più sugli occhi, vedi? Mi vedi?" E scoppiò di nuovo a ridere, con la bambina comoda in braccio e Cesira sulla soglia di casa che li aspettava tutti. Poi, all'ombra del grande salone sul quale si affacciava la balconata con le stanze, Claudia si scoprì e baciò sua sorella, stringendole le spalle con tutte e due le mani. Otto, il marito tedesco di Cesira, comparve in cima alle scale, sorridendo sotto i baffi enormi. E da quel momento furono sette giorni di parole e di silenzi, di giochi meravigliati di bambini di città, di passeggiate verso le montagne.

Tornarono ad Alessandria più scuri di pelle, un po' abbacinati dal sole, e a tutti e cinque parve d'essere stati lontani secoli dalla casa sulla piazza, la cui tinta rinnovata apparve ancora più diafana, dopo i contrasti nel paesaggio di mezza montagna. Giorgio avrebbe ricordato i papaveri per il resto della sua vita; Eugenio la neve indicata dallo zio, lassù, contro la roccia blu della vetta, come una specie di sogno; Mario, la zuppa calda che precipitava nel piatto dal mestolo: prima una cascata limpida e poi, dentro il cucchiaio che si avvicinava agli occhi, al naso e alla bocca, un arcobaleno di colori – monete di grasso che scivolavano sotto la lingua, tocchetti di innumerevoli verdure che ad Alessandria, caso mai, vedeva una alla volta soltanto.

Poi fu trascorso un anno.

La vacanza anticipata all'inizio tiepido dell'estate, seppure breve, aveva come accelerato il passo, sfilando via il tempo quasi fosse l'imbastitura grezza di un orlo ancora da fare – tagli un nodo e il filo viene via, strizzando la stoffa per un breve istante, prima di liberare tutto. E venne, per fortuna, una giornata di piombo, con un singhiozzo di temporale fin dal mattino presto: niente che ricordasse l'aria di quel tragitto avanti e indietro sulla strada di Valmadonna, la corsa di Nené e l'arrancare del carretto con il suo fagotto morto. Un anno dopo esatto sembrava un altro mondo.

'Meno male che piove,' pensò Claudia guardando dalla finestra chiusa. Il grigio del cielo si depositava sul muro esterno della casa, ridandole provvisoriamente il colore che aveva avuto per tanto tempo, prima della ripulitura.

Dal velo, questa volta tagliò una doppia misura, in piedi contro la luce avara della finestra. E, sempre stando in piedi, rifece l'orlo, senza sentimenti addosso. Nulla. Quei minuti passati a cucire restarono ottusi anche nella memoria del dopo, per anni. E la giornata intorno a essi restò racchiusa in quella casa, vuoi per il tempaccio vuoi perché non avrebbe saputo che cosa fare, dove andare. L'importante era che trascorresse con il minimo di ricordi, lasciando singhiozzare i tuoni dietro un cielo più basso che mai. Provò il velo tanto più corto, e le parve quasi superfluo, così stringato: in fondo, pesava più di quando era lungo, a distanza di un anno dall'urlo. Diede un'occhiata al guardaroba. Una porta di abiti neri per le quattro stagioni – erano già passate! – e tre porte di colori smessi. L'umidità del giorno di pioggia s'infilò fra i tessuti appena ebbe aperto le ante, scacciando l'odore di chiuso e di noia. Passò la mano fra un vestito e l'altro, come per lasciar respirare qualcosa; poi uscì dalla stanza, dimenticando l'armadio aperto. Ma forse lo fece apposta.

"Giorgio, attento! Non correre, aspetta!" Ma il bambino, gambe di furetto e occhi sgranati, era già oltre la strada, diretto verso la chiazza di alberi del piccolo giardino davanti a casa. Da dietro la finestra aperta, sua madre gridava con un'allegria difficile da dissimulare, lasciando finalmente spaziare la voce verso l'aria aperta, come aveva fatto tanto tempo prima con la melodia di una canzone che suo marito aveva preso come un affronto. Ma ora lui non c'era più, e dal piano più alto non giungeva nemmeno il silenzio malmostoso dei suoi genitori, a gravare sulla testa e sulla voce. Claudia continuò a gridare anche quando Giorgio aveva ormai aguantato la palla e già la lanciava verso l'altro bambino, più grande e grosso di lui eppure in soggezione di fronte a quell'intraprendenza. Dalla finestra, e persino da seduta, con l'ago in mano e la tela in grembo, la madre lo teneva sotto controllo. Lo sguardo di lei assomigliava un poco a quelle gambe leste che attraversano la strada, come per fuggire da qualcosa, ma anche e soprattutto per raggiungere altro: Giorgio correva alzando i piedi da terra quasi ambisse a volare, e in tal modo intendesse vincere le proprie minute misure di bambino cresciuto troppo poco per la sua età – la testa e le braccia in avanti, protese forse per evitare una probabile caduta, forse per arrivare prima possibile alla palla.

"Eugenio, attento, guarda dove vai, ossignore!" Dalla porta, si udì la voce di Brigida che passava e, spinta da un automatismo che tutti e tre i bambini conoscevano fin troppo bene, elargiva quasi a caso le sue raccomandazioni, sapendo che comunque sarebbero andate a segno, o per l'uno o per l'altro.

Claudia si fermò a contemplare il cielo azzurro immemore delle stagioni di nebbia passate e future, la macchia di verde, la palla che fulminea compariva, la testa scura di Giorgio – quanti capelli aveva quel bambino! –, il bianco del pezzo di stoffa che teneva in grembo, il celeste del filo che andava e tornava, i muri della stanza di cui non avrebbe saputo dire il colore, il nero della sua gonna (appena un angolo che puntava sopra le ginocchia) e il velo appeso alla goffa gruccia accanto alla porta. Chissà da dove arrivava, quel pezzo di stoffa che pareva già una foglia d'autunno inzuppata di nebbia. Nel baule del corredo sembrava una dimenticanza: un giorno, in un raro momento d'intimità, suo padre le aveva detto che ricordava vagamente d'averlo visto addosso a sua nonna, ma in un'età in cui i ricordi si confondono con i sogni e con quello che ti raccontano i grandi. E i ricordi dei bambini si nutrono soprattutto di ciò che gli adulti tacciono, aveva aggiunto, guardando il pavimento di pietrisco schiacciato della cucina, dove per caso erano capitati tutti e due in quel momento.

"Non è un ricordo vero e proprio, figlia mia. È un'impressione, piuttosto: mia madre incartapecorita dagli anni, un paio di occhi spenti da far quasi paura – pensare che morì così giovane, più o meno alla tua età di adesso! –, e in testa qualcosa di buio e trasparente. La paura – proprio quella, ricordo – di un'immagine che riconobbi e non... Mia madre che non era più lei, oppure lei che non era ancora mia madre. Qualcosa rendeva inconfondibili le due donne, che pure riesco ancora a ripensare così lontane nei tratti, nell'età, nel dolore annunciato. Sarà stata mia nonna, di cui altro non ricordo. È una cosa che ti fa più bella e tanto più triste..." E con una timidezza anziana (ma sembrava ancora così giovane), il padre avvicinò lentamente una mano al velo della figlia e lo scostò con due dita appena, cercando di strapparle un sorriso.

Quella fu l'ultima confidenza di Vitta a Claudia, quasi un segreto da condividere, o piuttosto un mistero da ignorare insieme.

Aveva qualcosa di astratto e lontano, come quelle eredità senza valore che si continuano a tramandare per inerzia: aveva qualcosa fra le pieghe accennate, nel colore indefinito. Gli orli tagliati a misura del tempo passato dalla scomparsa di Arturo erano morti più del lutto trattenuto nel velo rimasto, che Claudia continuava a indossare ogni volta che usciva di casa.

"La Vedova" era il suo nome nella Alessandria delle botteghe e delle signore di provincia che l'avevano sempre guardata con ostentata diffidenza – lei, venuta da Torino, con la sua voce fattasi ben presto silenzio dietro la finestra, oltre i rimbrotti di Arturo che non la lasciava cantare per gelosia.

"Giorgio, conto fino a dieci, e poi mando Brigida a prenderti!" La minaccia volò nell'aria limpida, ma sparì fra i rami alti degli alberi. Dopo qualche istante, la palla fu di nuovo una traiettoria fra una presa e l'altra. Giorgio non aveva udito, o più probabilmente aveva fatto finta di non sentire, senza nemmeno scomporsi: ma quell'infantile libertà parve a Claudia come la nota lasciata in sospeso nella mattina lontana in cui suo marito le aveva ingiunto di non cantare più, per lo meno con la finestra aperta. Oltre la quale ora appariva soltanto una crocchia fitta di capelli sopra una testa chinata verso il grembo e il ricamo.

"Fiorellino, vieni a leggermi qualcosa, mentre cucio." Mario era più rotondo e goffo del fratello maggiore. Aveva imparato a leggere da solo, e ne andava molto fiero. Per respirare, gli bastava la vicinanza della madre: infatti, adesso era appostato in un angolo della stanza. Si ritirò per tornare, appena qualche istante dopo, con un libriccino in mano. E come se fosse la cosa più naturale del mondo – anzi, l'unica da farsi – andò dritto al ginocchio di Claudia, scostò il pezzo di stoffa bianca sul quale s'andava depositando il ricamo celeste (due figurette stilizzate schiena contro schiena), e si sedette con gravità silenziosa. Poi aprì il sillabario, cercò la pagina delle "P" e indicò la papera.

"Buffa!"

"Perché buffa?"

"Perché cammina invece che vola!"

"E a te piacerebbe volare?"

"Sì, sì."

"Ma, visto che sei un fiorellino, come farai a volare?"

Claudia pensò che lei non aveva mai desiderato volare, da piccola. Pizzicare Bianca, quello sì, e anche ricevere qualche sorriso da sua madre ogni tanto. Le tornarono in mente le parole di suo padre in quell'attimo fra il velo e il suo respiro: era così strano, quasi impossibile, immaginarlo bambino, con lo sguardo che vagava fra un volto di donna e l'altro.

"Sarà sempre così?"

La domanda, non detta nemmeno con un cenno di labbra, e forse nemmeno pensata, sfiorò il filo che saliva e scendeva insieme all'ago e, passando nel tessuto, non lasciava nulla, nemmeno un alone di buco.

"Sarà sempre così."

"Sarà sempre così?"

Forse la domanda non era nemmeno tale, ma una specie di certezza che s'era fatta strada attraverso il dolore e lo strazio di tre morti, una dietro l'altra – affetti volati via dentro un pugno di parole affidate alla strada, lente ad arrivare dopo che tutto era ormai successo, lontano da lì. Prima dietro un oceano di cui non sapeva proprio che cosa raccontare ai suoi bambini; poi, poco dopo – tremendamente poco dopo –, nella sua Torino, dentro la casa in cui era nata.

"Sarà sempre così," rispondeva l'eco dietro le lacrime asciutte di Claudia, prima vedova e poi orfana, e nel volgere di breve tempo privata della sorella più vicina e anche più lontana. Quella che, partendo per San Salvador innamorata pazza del marito, le aveva lasciato la voglia di pizzicarla, di farle ancora qualche brutto scherzo. E che se n'era andata senza fare neppure in tempo a vedere Mario e Giorgio – accidenti a lei!

"Come farai, da sola?": era la voce di suo padre ormai lontana. Se n'era andato così in fretta, senza nemmeno salutarla.

"Sarà sempre così?": era la voce dentro di lei, ogni volta che aveva terminato di ricucire il velo di lutto, riannodando il dolore e la perdita. Aspettando di veder giungere un tempo che non fosse sempre così.

E un anno intero trascorse.

L'estate che seguì era già trepidazione per il nuovo secolo, giorno dopo giorno più vicino, tanto che quasi lo si toccava nelle parole, nei piccoli progetti.

Lei tornò a Valmadonna presto. La campagna era ancora una messe di colori, tenui e intensi – fioriture... prima che tutto diventi soltanto un'eternità di sfumature di verde e bruno di terra già scoperchiata. Brigida si guardava intorno sorpresa, come se fosse stata la prima volta che vedeva quei posti. I bambini, invece, sembravano ricordare tutto della strada e dei campi, in alterna fulminazione di memoria: s'aiutavano a vicenda, come se per tornare fosse necessario esser già stati e aver lasciato qualcosa di sé oltre la collina, da riprendere.

"Guarda!" Giorgio additò la casa, lassù in cima, facendosi largo con il braccio fra le teste dei fratelli più grandi, mentre il veicolo sussultava. Sua madre fu la prima a obbedire a quel comando, svegliandosi da una specie di stordimento che si era imposta per non ripercorrere quel sentiero al seguito del carretto con il corpo del marito che dondolava inerte. L'aveva ancora davanti agli occhi, più d'una volta al giorno.

Quella mattina, prima di partire (presto, molto presto, quando il sole ancora non era sorto), prima di svegliare i bambini (da dietro il muro, aveva intuito solo i passi di Nilde tra la stanza di sotto e la cucina), persino prima dell'ora, in cui aveva tagliato il velo la prima volta, prima di sapere che il lutto sarebbe stato una catena, un orlo sfilacciato incapace di rimarginarsi come una ferita, prima di ogni altra cosa o pensiero, insieme alla luce di quelle giornate di giovane estate che cominciano sempre troppo presto e non finiscono più (e quasi rimpiangi il buio accogliente dell'inverno), aveva smesso il velo.

Era appeso come sempre alla gruccia, buio nel buio fra le fessure dell'alba, oltre le persiane. Lo prese, e non fece alcun rumore: anche l'aria restò immobile. Lo ripiegò restando in piedi e lasciandolo cascare verso terra, per poi raccoglierne i lembi come se fosse un piccolo lenzuolo da stirare, piegato. Le pieghe si assestarono, il baule si aprì pian piano per non svegliare nessuno, il velo tornò lì dentro con il suo passato immenso, ad aspettare un'altra attesa – di lutto o d'amore, di speranza o di sgomento. Lei non lo vide mai più perché, quella mattina, qualcosa le diceva che il tempo del suo velo, prima lungo e poi corto, forse era finito per sempre. Di certo per lei, per sempre. Il pezzo di stoffa si adagiò sul fondo del baule vuoto di tutto, pieno soltanto di memorie troppo lunghe perché qualcuno le potesse ricordare: lanugine di pecora, limpidezza di deserto, fremito di vento caldo sopra un telo di tenda scura, fra le grate di un cancello chiuso. Era intatto, senza segni di rammendi né strappi.

In casa, a Valmadonna, non c'era aria di chiuso. Era come se l'avessero lasciata il giorno prima: i letti fatti con lenzuola fresche di bucato, la cucina viva di profumi, il pergolato accogliente. Scendendo dal carretto, e poi passando adagio di stanza in stanza lungo la balconata, Claudia ebbe l'illusione che in quelle sette stagioni non fosse successo nulla. La gratitudine fu un sorriso triste – ma tanto eloquente – al vecchio fattore e a sua moglie, venuti ad accogliere la famiglia della signora e del povero signor Arturo fin sulla porta della grande casa. Che nelle due settimane prima del loro arrivo, dato l'annuncio, era

102

stata un frenetico teatro di lavori e pulizie di fino, apposta per regalare al dolore l'illusione: tutto sembrava rimasto com'era, dal cuscino posato sul divano al mestolo di legno appeso sopra la stufa. Giorgio si arrampicò addosso a Brigida, impaurito da quell'aggeggio smisurato, con una sorta di bocca enorme.

"Ossignore, quanto pesa il mio bambino grande!" disse la domestica, dopo averlo stretto un poco, mentre lo calava lentamente fino a terra. "Ora va' a giocare fuori, corri all'aria aperta. Farà tanto bene al mio bambino pallido." Giorgio si affacciò appena alla porta e, accovacciato verso la ghiaia luminosa del sentiero, iniziò a osservare i sassolini, scegliendone uno ogni tanto con cura assorta, per metterlo accanto a sé.

La memoria che ciascuno di loro aveva trattenuto di Valmadonna era come un gomitolo che, dipanandosi faticosamente, imboccava a ogni capo del filo spuntato dal groviglio una traccia diversa: Giorgio contava i sassolini come in un inventario di rari ricordi; Eugenio correva a perdifiato su e giù per la discesa, lungo il sentiero percorso qualche anno prima da suo padre riverso sul carretto, con le mucche che lo guardavano annoiate; Mario era teso al cielo azzurro che la città gli negava, in cerca di stelle troppo presto – ma chissà, forse lui le vedeva già.

Claudia rimase appoggiata contro lo stipite della porta per un tempo immensamente lungo, forse ad aspettare qualcosa che s'era interrotto il giorno della morte di Arturo. Anche lei racimolava ricordi, molti di più di quelli attinti dai bambini in una memoria dalla voce lontanissima. Mario, con gli occhi sempre puntati verso stelle invisibili, era quello che pareva orientarsi meglio nelle trame sfilacciate del loro passato: ricordava perfettamente la disposizione delle stanze, e puntò il dito verso la casa del fattore, strappando a questi un sorriso stupito.

"Proprio quella, bravo bambino mio! Ti ricordi ancora quando vi portai a vedere le mucche nella stalla, e il vitellino appena nato!"

Il vitellino di Alfredo era ormai un bel manzo inquieto, che trottava nel prato. Incuteva una certa paura, con i muscoli che vibravano sotto il pelo raso e lucido, e le frogie che sbuffavano. Mario tornò a scrutare il cielo.

Claudia entrò in casa. C'era tanto da sbrigare: con le mani e gli occhi impegnati, i ricordi erano più distratti, rimbalzavano da un'estremità all'altra della balconata, smussando i contorni e i pensieri. Soprattutto, c'era da far prendere aria a biancherie e oggetti, sprimacciare i cuscini addormentati sotto i copriletti, scacciare la polvere invisibile del tempo. Non quella che con pazienza la moglie di Alfredo aveva levato due volte alla settimana per quegli anni, senza badare alla stagione né alla lontananza della signora vedova – povera disgraziata – e dei tre sventurati orfanelli. Non era la polvere rimasta imprigionata in decine di stracci, allontanata da una scopa di saggina dopo l'altra. Si trattava di un elemento più impalpabile, che nemmeno il fascio di luce solare della tarda mattinata lasciava intravedere: quel ritorno imprevisto, deciso nello spazio di un giorno e perseguito con una determinazione quasi allegra, fu un colpo di vento in casa. Una folata che alzò quella polvere – e poi di corsa per le stanze, a cercare di non farla precipitare di nuovo. Via, levala, falla uscire dalla finestra, sparire dentro la giornata tersa.

Claudia si rimboccò le maniche, Brigida la guardò per un istante, come incapace di credere ai propri occhi; poi si rimise al lavoro, insieme alla signora e alla moglie del fattore.

Valmadonna, 2 giugno

Lidia, mia amata sorella,

ti confesso che mi rivolgo a te in figura di Bianca. Ora che lei non c'è più, è come se l'avessi affidata a te, giacché sei la più grande, fra tutte noi. Non avertene a male, chiamarla in te è una prova d'affetto. Non lo faccio per ignorarti, come mi è parso avessi inteso quel giorno in cui per sbaglio mi rivolsi a te con il suo nome perduto. È anzi un modo per ritrovarvi tutte e due: lei che non c'è più, e tu che sei così lontana. Sapessi quanti rimpianti nascondo dentro, e a volte li trovo che mi galleggiano sulla coscienza come ninfee sopra una palude. Non è dolore, non è più quello ormai, ma piuttosto una nostalgia piena di odori. La pelle di mio marito in quel punto esatto che stava all'estremità dei baffi, impregnata di tabacco e conceria, e il respiro stupito del mio desiderio per lui. Perdonami questa intimità. Proprio ora che mi pare d'aver conquistato una solitudine dolce, scopro di aver desiderato questo ritorno a Valmadonna malgrado la morte di Arturo. Ricordo bene che anche il profumo di Bianca rimase quello di una bambina e mi chiedo se l'avesse trasmesso a quella creatura che non fece in tempo a respirare. Se scavo nella memoria della nostra infanzia, trovo che m'irritava, con quel suo candore. Tutte noi l'abbiamo scoperta che era troppo tardi, la sua assurda forza di amare. Di partire. Chi l'avrebbe mai detto che fosse così, dietro quel suo profumo di bambina. Ti ricordi quella gita in montagna, un'estate di chissà quanti anni orsono? Dieci, forse più? L'erba alta nei prati, i fiori sgargianti, Bianca che starnuti-

105

va con gli occhi lucidi e una smorfia muta. Aveva paura di me, delle mie spiritosate; ma il mio silenzio di quel giorno lo ricordo quasi fosse ieri: era più crudele delle solite parole. La tenne sul filo per tutto il giorno, lungo il sentiero e poi quando ci distendemmo sul prato: chi fra l'erba, chi sopra la coperta. E la sfuriata di Maman, la sera nella casa di Lanzo, in pensiero per noi, ma anche per la coperta imbrattata di quel verde appiccicoso.

Chissà perché ti scrivo queste cose. Inutili, in fondo. Mi incalzano da quest'oggi, da quando sono giunta qui. Ho aperto porte e finestre di casa, e sono arrivati i ricordi – insieme a un'aria indicibilmente dolce. Alessandria è spoglia di ricordi. La casa, le strade impregnate di nebbia anche nella stagione più tersa. Il deserto del piano alto, dove i genitori di Arturo hanno continuato ad abitare anche da morti. Non spettri, pesi immobili che non fanno paura, ma solo la stessa tristezza di quand'erano vivi e già segregati lassù dalla vecchiaia, dalla solitudine. Qui, invece, è stata una folata di memorie: di quelle che ho avuto e di altre che forse m'aspettano. Non ho nemmeno trent'anni, in fondo. Eppure mi pare di aver già vissuto un'eternità, tuttavia sovente penso di meritarmene un'altra ancora, di quelle eternità. Maman, dacché ricordo, ha i capelli grigi. E io nemmeno un filo bianco. Chissà che cosa mi aspetta. La stanchezza, la sera, diventa uno spasimo, e per scacciarlo allora invoco la nostalgia.

Penso di trattenermi qui a Valmadonna almeno per tre mesi. L'aria di campagna ha risvegliato i bambini, ciascuno a suo modo. Questa sera, sono crollati nei loro lettucci, stanchi di libertà. Il verde è un toccasana per tutti – specialmente questo verde, così familiare. Gli alberi del giardino e i campi adagiati sulle colline mi mancavano.

Scrivimi, ti prego, amata sorella mia. E dimentica, se puoi, queste righe storte piene di parole che a me stessa non avrei mai osato dire.

Con affetto,

la tua Claudia

Post scriptum*: quest'oggi ho levato il velo. Per sempre. È tornato nel vecchio baule, e non intendo più tirarlo fuori di lì, né per gioia né per disgrazia. Senza, respiro."*

Genova, 10 di giugno

Claudia mia,

ho letto e riletto non so nemmeno più quante volte le tue parole. E ogni volta che riprendevo in mano quei due fogli quasi trasparenti, così leggeri da tremare con il fiato del respiro, mi trovavo più incerta di te: ogni volta mi pareva di ritrovare la Claudia di sempre, attraverso i nostri lunghi silenzi, e ogni volta ascoltavo una voce per me affatto nuova, la voce di una sconosciuta – nei tratti del viso, nell'espressione dello sguardo, in quello che hai covato dentro di te per tutti questi anni, dopo la felicità e dopo il dolore.

Non mi resta altro da dirti, se non che da questo mio silenzio sento gli echi del tuo passato. Il mio è qui accanto a me, fra le mura di questa casa e nella vita della mia famiglia. Il tuo mi giunge insieme ai profumi e agli odori che racconti, e tutto avvolge la figura di nostro padre, quasi a dargli il corpo che non ha più.

Achille è passato di qui qualche giorno orsono. Arrivava – pensa – dal Giappone. I suoi commerci prosperano ma, insieme a essi, cresce il dolore per la perdita di Bianca e della bambina. Il lutto non l'ha invecchiato, anzi: mostra sul vol-

to una giovinezza che ha parvenza di eternità. Una specie di condanna. E due occhi accesi di inerme risentimento verso il mondo intero. Pover'uomo, così bello e così solo. Alla fine, ha detto timidamente che avrebbe tanto voluto venire a trovarti a Valmadonna, per vedere i bambini che Bianca non ha fatto in tempo a conoscere, e restituirti le lettere: le tue indirizzate a Bianca. Chissà poi se le vorresti riavere. Io comunque l'ho incoraggiato, e chissà che non faccia la sua comparsa, uno dei prossimi giorni.

Un abbraccio dalla tua sorella maggiore.

Lidia

Tre mesi erano tanti. In tre mesi, la campagna avrebbe cambiato aspetto e colori. Sprazzi di fioriture ancora tempestavano gli alberi, al loro arrivo. Passò una settimana, forse ne passarono due, poi l'urlo di Brigida schiantò il silenzio, prorompendo dalla finestra aperta verso il giardino e i campi: "Ossignore! Eugenio, scendi subito da lì!"

Erano maturate le ciliegie. Poi toccò al grano in lontananza, giallo che quasi abbagliava. La vigna scuriva di giorno in giorno, gli acini opachi diventavano sempre più diafani e pieni. E le scarpe dei bambini sempre più sporche: polvere e terra e fango e giochi. Era un ritorno vero.

Claudia si era portata da Alessandria una pezza smisurata. Era un telo di lino fine, lungo come due lenzuola. Non intendeva ricavarne niente di piccolo, ma lasciarlo intatto: una tovaglia per grandi numeri, destinata a vivere generazioni. Anche soltanto accogliere in grembo il tessuto era un'impresa: scivolava per terra, sfuggiva alla presa dell'ago in una lotta impari – era tanto, come il tempo trascorso e lasciato alle spalle. Come il periodo passato da quando non cantava più, anche se aveva smesso di gridare. Abbozzò un disegno nella propria fantasia, ma le immagini si avvicendavano continuamente, e ogni giorno una scena nuova incominciava a raccontarsi fra i minuscoli buchi del tessuto. Figure mobili, soffiate dal vento leggero come il vetro caldo e duttile: per prima cosa, fece le ali, senza ancora sapere se sarebbero state quelle di un angelo o di una capinera. Alla fine, c'erano tutti e due sulla tovaglia, e intorno alberi trasparenti, un firmamento iniettato di celeste e di nero: dopo anni di incisioni e sentieri tracciati nel tessuto, quel disegno assomigliava a una filigrana di pizzo. Ma a quell'epoca, Claudia aveva ormai quasi tutti i capelli bianchi, come il filo rimasto in sospeso sull'opera incompiuta.

E prima di allora – ben prima di allora – arrivò Achille.

C'era un albero in giardino, fra gli altri. Tronco scuro e rami aguzzi: d'inverno, un poco spettrali. Nella stagione invernale, senza il manto di foglie, la ginkobiloba perdeva una dimensione. Restava con due soltanto, senza volume, come un disegno applicato sopra l'orizzonte. Esili braccia e tante unghie a ghermire il freddo e la nebbia. E il tronco come in letargo, sotto il reticolo spoglio. Non restava mai una sola foglia, benché arida e morta, attaccata ai rami, quasi che tutte rinnegassero la precedente vita di rigoglio.

Ma Claudia non vide mai la ginkobiloba d'inverno. La riconobbe quale l'aveva sempre sentita: un albero magico. La chioma di foglie a ventaglio che cantava sopra di lei, senza peso, e la luce che passando tra esse sembrava farle sventolare come banderuole: non era l'ombra, sotto l'albero, ma un modo diverso di vedere le cose nel filtro di quella luce unica, forse memoria dell'epoca lontana in cui l'albero era arrivato a Valmadonna – magari volando nel vento, magari scavando negli abissi della terra. Veniva dall'Oriente: anzi, da un tempo lontano migliaia di anni.

Le foglie della ginkobiloba erano impazienti. Cambiavano colore troppo presto, con incostanza: il verde umido diventava presto scuro – ma ben prima di appassire aderiva ad altri colori, scelti con estro dal paesaggio estivo. Il giallo del sole poco dopo mezzogiorno, una vena di rosa come la carnagione dei bambini, la tinta asciutta della paglia e poi quella della terra dopo un temporale che porta il freddo. Ogni foglia a modo suo, senza badare alle altre.

Di notte, l'albero magico regalava la luce raccolta durante il giorno. Restituiva un chiarore nitido, sotto il quale si poteva ricamare. I lembi del tessuto venivano appoggiati sopra un tavolo, perché non si sporcassero scivolando sul terreno, fra i ciottoli e l'erba. Viste dal basso, di notte le foglie sembravano bianche: rinnegavano il buio molto più della fievole lampada in casa. E gli occhi, l'ago, il lino ormai stropicciato dalle ore di lavoro, assorbivano quella luce magica, sera dopo sera, a volte fino a notte fonda. Quando tutti già dormivano da tempo e il silenzio sembrava infinito, l'albero guardava l'insonne Claudia che ricamava: la guardava con la sua chioma di foglie magiche, come un immenso fiore di girasole che catturasse la luce invece di inseguirla.

Mario contemplava a lungo sua madre, da dietro le imposte chiuse: infilava lo sguardo fra uno spiraglio e l'altro, con una buffa contorsione di cui nessuno si accorge-

110

va. Vedeva poco, da dietro il buio della loro stanza da letto, fra le foglie della ginkobiloba. Di notte, l'albero respirava, e il suo fiato era una strana brezza che scuoteva appena le foglie e tingeva la luce di venature gialle, come un annuncio dell'autunno ancora lontano. Negli anni a venire, il figlio trattenne quell'incerta immagine di sua madre più di ogni altra cosa – lei che cuciva seduta sotto un albero. La scena volò via, insieme al vecchio baule spoglio del corredo e pieno di vecchie pezze lise, soltanto quel giorno lontano in cui, a Mantova, Mario lo regalò.

Prima di andare a dormire, così tardi che per paura dell'ora chinava lo sguardo passando davanti alla pendola in corridoio in modo da non vedere le lancette neppure per sbaglio, Claudia depositava sul mobile accanto all'ingresso la tovaglia, senza piegarla: ne restava un cumulo bianco e stropicciato, con un filo quasi sospeso nell'aria, da cui ricominciare il lavoro, l'indomani. Appena dopo qualche ora, la mattina seguente, Brigida, che si alzava prima di tutti, scorgeva quel lascito notturno e scuoteva il capo, perplessa: la tovaglia era il marchio di una solitudine che la signora imponeva a se stessa, ai bambini e persino a lei, povera serva. Una sconfitta che si ripeteva ogni giorno e che, un po' per affetto e un po' per pietà e un po' per risentimento, le ispirava piccole premure per la povera signora, come a una convalescente destinata a non guarire. Le notti a ricamare erano per Brigida la voce di quella sua malattia nodosa e taciturna come un tumore.

Se avesse potuto, avrebbe fatto a pezzi la tovaglia della signora. Stracciata con le unghie e con i denti. Martoriata con le forbici del fattore e poi seppellita là dove la terra era più scura e umida: sotto l'albero magico, insieme alle notti insonni della Vedova.

Quanto a Claudia, rispuntava alla luce del sole ch'era già mattina tardi, con i bimbi fuori a giocare: non aveva certo il volto di un tormento. Sulle sue guance c'era il rossore di chi dorme a cavallo dell'alba e si dilunga nel sonno quando il resto del mondo è ormai sveglio. Compariva sulla soglia con un'aria di stupore ancora stordito. Non aveva negli occhi appena aperti alcuna nostalgia, se non per la notte già distante e per quella a venire, ancora più lontana in quelle smaglianti giornate d'estate.

In quel preciso istante, in uno di quegli istanti tutti identici in cui Claudia si affacciava sulla soglia la mattina molto tardi, esattamente là dove il piccolo Giorgio si era accovacciato a contare le pietre come per fare conoscenza con un posto di cui nulla rammentava, arrivò Achille.

Era sveglio più o meno dall'ora in cui Claudia aveva posato l'ago sul ricamo, sopra il mobile, perché aveva deciso di coprire a piedi la distanza fra Voghera e Valmadonna. Al tramonto, era sprofondato in un breve sonno, donde emerse di slancio, senza bisogno della sveglia.

A destarlo fu forse il fruscio della gonna di Claudia mentre s'alzava dalla sedia. Forse un respiro dell'albero più lungo degli altri. Forse un fiotto di quella sua luce notturna che invece di cadere al suolo andò alla deriva, verso oriente.

Achille prese il fascio di lettere, lo legò con un nastro blu e se lo infilò nella tasca della giacca, da cui ne spuntava buona parte. E s'incamminò. Arrivato al fondo del sentiero di casa, là dove s'imboccava la strada che conduceva o a Pavia o ad Alessandria, il cuore gli s'affacciò sulla gola. In quel momento, Claudia stava posando la tovaglia, e l'ago luccicò per un istante prima di addormentarsi, capovolto sul filo.

"Mi riconoscerà?" si domandò Achille nella sua veglia, mentre Claudia sbadigliava.

Poi passò una lucciola. Attraversò la strada e sparì nel fosso. Achille si voltò, non in cerca di quel volo, ma della casa che stava lasciandosi alle spalle. Aveva avvertito vagamente sua madre di quell'intenzione, senza precisare nulla: "Prima o poi, vorrei andare a trovare Claudia, la sorella di Bianca. Povera vedova, con tre piccini. È a Valmadonna, nella casa di campagna, ricordate?"

Ora le aveva lasciato un biglietto sul piccolo tavolo posto nell'ingresso. Di poco più eloquente, in realtà: "Sono partito per Valmadonna. Tornerò presto."

La casa di Voghera era un corpo massiccio, posto a un livello leggermente più basso della strada, come adagiato su uno strato antico di terreno. Al fondo del sentiero, un cancello delimitava la proprietà, che non aveva un muro intorno: il giardino sembrava più un cortile che un parco; l'unica macchia fitta era dietro, e circondava la piccola legnaia.

Achille era abituato a camminare. In San Salvador aveva camminato tanto, fra le foreste: non gli era mai piaciuto cavalcare; lo faceva solo quando era necessario. Alla morte di Bianca, era andato a cavallo dalla loro casa sull'altipiano sino al mare, come per rinnegare quel lutto atroce, in un pianto trafelato. D'un tratto, infilò a fatica la mano in tasca, per accertarsi di avere con sé il motivo di quel viaggio. Il contatto con la carta sottile gli restituì qualcosa della moglie perduta – anche se ogni volta la vedeva più sfocata, ogni ricordo era un tratto in meno del suo viso, un pezzo del suo corpo che perdeva consistenza. La nostalgia s'alimentava della voce di lei, rimasta intatta nella memoria, e dell'ombra delle sue mani sulle cose che aveva toccato prima di morire. Come quelle lettere. Decidere di separarsene era divenuta da qualche giorno una necessità. Un impulso inspiegabile che non c'era più stato modo di contrastare. Toccava e accarezzava quei fogli di carta friabile come se fossero le ultime foglie d'autunno ancora appese ai rami, e ritraeva la mano spaventata per paura di sgualcire anche soltanto una di quelle parole destinate alla moglie che non aveva più. Nulla aveva invece trattenuto della bambina che non aveva mai avuto, che se n'era andata ancora prima di arrivare, una nuvoletta sparita dentro il cielo dopo un colpo di vento. Per lei, non provava sentimenti: né strazio, né rimpianto, e nemmeno rabbia, perché era stata la bimba a portargli via Bianca. Nulla.

La camminata notturna, con gli occhi di Bianca ancora posati sulle righe e le sue mani che tenevano sospeso il foglio in controluce, fu una lunga e allegra trepidazione. I piedi incontrarono prima l'umore della notte, poi quella specie di risveglio che risale dalla terra quando ancora non è l'alba, quindi l'attesa del sole fra l'erba, da una sponda all'altra dei campi di grano. Verso le sei, si fermò sotto una quercia, sul ciglio della strada: aveva con sé una borraccia d'acqua e qualche biscotto da sgranocchiare. Gli uccelli sulla chioma del vecchio albero erano già svegli da molto tempo, ma chissà per quale ragione s'attardavano nel verde sgranando il loro canto discorde. Da lì sotto quasi non si vedeva il cielo, in quell'ora traslucida. Nel suo letto, Giorgio mugolò e forse chiamò la mamma, ma senza convinzione: nessuno lo udì, perché Claudia dormiva, e anche se Brigida si stava alzando, il silenzio che s'imponeva nelle proprie faccende mattutine le impediva persino di sentire i suoni altrui.

Achille non era così spensierato da molto tempo. Avvertiva finalmente qualcosa del proprio futuro che la morte di Bianca aveva cancellato di colpo, precipitando così bruscamente sul presente. Se avesse dovuto spiegare le sensazioni che provava adesso in qualche vago modo, avrebbe detto più o meno che gli sembrava di rivivere: non per sollievo, ma come in virtù di un risveglio. Sentiva di nuovo se stesso, dopo giorni e notti e settimane e mesi di assenza, e l'impulso sarebbe stato quello di un inventario della coscienza – "Gambe, ci siete?", "Memoria, presente?" – magari persino ad alta voce, se non fosse stato per il timore di turbare la quiete intorno, verso la quale era debitore di quella piacevole, inaspettata impressione. Alzandosi, ebbe persino il pensiero di pulirsi anche il dorso della giacca e i pantaloni. Ma quattro briciole rimasero impigliate nella barba bionda, e lì restarono sino a Valmadonna, seguendo i gesti delle labbra durante le parole, i silenzi e i sorrisi.

Achille era di una bellezza rara: un insieme di grazia e forza, di timidezza e vigore. La sua figura in cammino iniziò a sollevare sguardi con i primi passi dei contadini lungo la strada, delle donne anziane che andavano a raccogliere le verdure negli orti quando il sole d'estate non aveva ancora ammollato tutto. Qualche volta, gli sguardi gli rimasero addosso, sulla schiena, molto tempo dopo che s'erano incrociati lungo le due opposte direzioni della strada: li sentiva insieme alla carezza di un alito, ma era soltanto una precoce illusione di frescura, il respiro del

115

vento che faceva alzare la vita, la mattina, appena prima che giungesse il caldo.

Claudia si sporse verso l'ingresso, e poi liberò forse un sospiro forse uno sbuffo.

"Che caldo!"

"Chi sei?" domandò la vocina sotto di lei, accucciata come d'abitudine sulla ghiaia del sentiero, fonte di sempre nuove scoperte. Giorgio collezionava colori dentro gli occhi, esperienze sulla punta delle dita e nel piccolo pugno stretto: centellinava i sassolini e, in virtù di qualche imperscrutabile criterio, li ripartiva di qua e di là. Vi si dedicava con la serietà di un monaco tibetano intento al suo inutile ma impagabile mandala, giacché appena lo aveva rimesso a terra, ogni sasso tornava a confondersi con gli altri, e nessuno – neppure lui – l'avrebbe più saputo riconoscere. Non aveva nemmeno alzato la testa, ma solo sentito i passi sconosciuti avvicinarsi di buona lena, e chissà per quanto tempo li aveva uditi, prima di formulare la sua distratta domanda.

Achille non rispose, non perché non si fosse accorto del bambino. L'aveva visto da lontano, ancora simile a un gomitolo adagiato sul terreno, e poi a poco a poco ne aveva distinto i tratti, salendo per la collina verso la casa, che ricordava molto più di quanto non si aspettasse. C'era stato una sola volta, in fondo, con Bianca ancora fidanzata, prima di correre in America insieme a lei. Solo con lei.

Non rispose, perché in quel momento che fu un regalo per entrambi, Claudia s'affacciò sulla soglia. Più che affacciarsi, si sporse dalla vita insù, e la luce raccoltasi durante la notte nelle foglie della ginkobiloba s'impigliò fra i suoi capelli. O forse era soltanto il sole sopra le colline, chissà.

116

"Achille!" rispose lei.

I due vedovi si riconobbero. Non nei lineamenti familiari benché distanti da così tanto tempo; non nei tratti del viso, nella statura, nell'espressione del volto: no. Riconobbero l'uno nell'altra, con una specie di triste meraviglia per una comune condizione. La solitudine maturata nel dolore e un dolore trasformatosi in nostalgia, e la nostalgia mutatasi in distacco e il distacco in rassegnazione. E la rassegnazione in qualcosa che assomigliava a un'ignara attesa. Il fugace scambio di sguardi, prima dei saluti e del fiotto di parole, fu un lungo racconto di stupore condiviso.

"Anche tu?"

"Anche tu?"

Ecco quanto dissero gli occhi di entrambi.

"Siete proprio voi?" domandò la voce di Claudia.

"Sì..."

"Buongiorno... Quanto tempo... A momenti non vi riconoscevo."

Bastò quel "sì" sommesso ma sconosciuto per attirare i bambini, spuntati da chissà quale angolo della casa e del giardino. Al pari di Brigida, tanto che sembrò quasi un'occasione di festa. Achille prese Giorgio in braccio e lo guardò di sbieco, sorridendo sotto i baffi; poi varcò la soglia con lui.

"Nella foresta, ho conosciuto una scimmietta perfettamente uguale a te. Non sarai per caso saltato sin qui da un albero all'altro? Ma certo che no, stupido che sono, c'è il grande oceano di mezzo... Allora, su, scimmietta, fammi un po' vedere come nuoti!" E intanto, con la mano che non sosteneva il piccolo, iniziò a dar larghe bracciate nell'aria. Ridevano tutti e tre, e anche Brigida, ma Giorgio sussultava tutto, di lassù, rovesciando la testa all'indietro.

"E dimmi un po', scimmietta, come ti chiami?"

"Giorgio," rispose Claudia, quasi che la sua vocazione di quel giorno fosse scandire nomi, alcuni familiari a ogni sua giornata, altri invece non detti da tanto tempo. Conosceva così poco Achille, in fondo, che quella confidenza mattutina così inattesa le suonò subito come un presagio, e non come un motivo di imbarazzo. Sembrava davvero qualcuno in procinto di tornare a casa, quell'uomo che aveva sposato sua sorella per innamoramento puro.

Aveva portato con sé soltanto dei racconti. Dei bambini di Claudia e Arturo conosceva l'esistenza, ma finché non li ebbe visti tutti e tre, con gli sguardi appesi alla sua barba in cima a quella statura per loro smisurata, si era trattato di un'esistenza astratta. Eccoli, invece: tre teste scure, sei occhi sgranati. Achille non aveva da offrire altro che storie inanellate una nell'altra: storie di cavalli ribelli, di piogge che non finivano più, di indigeni nudi con una lancia in mano, di spiagge bianche e pesci da catturare a mani nude tanto erano pigri, di bicocche in cima agli alberi, di lucertole grosse come un vitellino, di cercatori d'oro, di pappagalli che ti si posavano sulla testa, proprio in punta. Raccontò dapprima nel salotto di casa, di cui Claudia spalancò la porta con uno slancio imprevisto come per accogliere un ospite di particolare riguardo, a lungo atteso. E invece quella di Achille era una sorpresa che lei non avrebbe mai potuto immaginare. Poi a tavola, insieme ai bambini, cosa rara, perché solitamente mangiavano prima, e fu una festa per tutti.

Il racconto divenne un bisbiglio quasi smanioso, nelle ore calde e immobili del primo pomeriggio, mentre i bimbi riposavano sui guanciali umidi di sudore. Erano lì a scambiarsi timidi ricordi con la paura di urtare il dolore dell'altro, perché chissà mai che rievocando un angolo di quella casa in America, o alcuni giorni di Alessandria, non affiorasse anche uno sguardo che aggrediva la memoria e la nostalgia. Soprattutto di Achille: il suo era ancora un lutto vero, lo strazio di un'assenza che credeva di non poter colmare più, mentre il rimpianto di Claudia era scevro di passione, così come era stato il suo matrimonio, e fra sé ormai chiamava la sua solitudine "quiete". Achille, no: la sua era tormento.

"Sembrate più giovane di quando vi ho visto l'ultima volta, e ne sono passati, di anni. Pensate davvero di restare ad Alessandria?"

"E perché non dovrei? La mia casa è lì, i miei figli le appartengono. È un po' triste d'inverno, ma ormai mi ci sono abituata. E voi, che cosa farete?"

"Onestamente non lo so. La ditta ha una filiale a Yokohama, in Giappone. Ci sarebbe molto lavoro, da quelle parti, ma non so se me la sento. Significherebbe abbandonare tutto, anche i ricordi che ora scaccio soltanto per riportarli a me, appena si allontanano. Ho paura di perdermi, di perdere quel poco che mi è rimasto. Di lei, di voi."

"A proposito, ditemi come sta Lidia, com'è la vita laggiù a Genova? Che disperazione, la nostra famiglia: chi non c'è più perché se n'è andato troppo presto, come il povero Tullio… e chi è rimasto, è finito lontano: Lidia a Genova, Cesira a Milano. *Maman* rinchiusa nella sua apatia. Da chi dovrei tornare, ora che ci penso?"

Quella domanda era una confessione reciproca. Venne dopo uno strano, breve silenzio, in cui a entrambi tornò in mente lo sguardo lungo di qualche ora prima, quando Achille era spuntato a qualche decina di passi dalla porta di casa, e ciò che più li aveva sorpresi, in quella magica e taciturna condivisione di esistenze, era stato il ritrovarsi tutti e due con lo stesso peso d'anni che ogni vedovanza lascia dentro, a prescindere dall'età, insieme a un'inesperienza di sentimenti che era nel contempo sete e paura di scottarsi, senza sapere nemmeno da dove cominciare per imparare a sentire. Curvi sotto il peso della vedovanza, ma anche affamati di emozioni nuove.

"Anche tu?"

"Anche tu?"

La silenziosa domanda tornò fra loro: e non era più nemmeno una domanda, ormai, ma una specie di certezza e di conforto – e l'annuncio di una comune trepidazione.

"Zio, raccontate ancora, per favore."

Giorgio, Mario ed Eugenio ricomparvero in fila indiana.

"Adesso si può tornare fuori: non è più troppo caldo. Andiamo, bambini."

Sotto l'albero, ora c'erano due sedie, invece della solita solitaria.

Da lì a qualche settimana, arrivò anche l'amaca, tesa fra due pini non troppo grossi. Una delle poche cose che Achille aveva portato da San Salvador e che appese lì, per i bambini estasiati da quell'oggetto esotico, dondolante e insicuro, e da cui si vedeva un cielo screziato che forse assomigliava a quello dei posti raccontati dallo zio.

"Zio, raccontate…"

"C'erano una volta pesci volanti grandi come balene, che schizzavano fuori dall'acqua e che lasciavano striature sull'oceano durante la loro corsa: striature bianche abbaglianti che sembravano sberleffi al sole appeso lassù, in cima al cielo. Dodici giorni di fila, bambini miei, fra mare e cielo, senza neppure una momentanea vista di coste: dodici giorni perfettamente uguali, tanto da chiedersi se passavano o se non fosse invece sempre lo stesso giorno che tornava insieme al sole, dopo la notte. Dodici giorni fra mare e cielo, prima di vedere in fondo a un orizzonte iridescente che non pareva vero, la Martinica: quel paesaggio ancora mi tormenta, è una persecuzione. Un monito più che una speranza.

"C'era una volta, bambini miei, una rondine che volò talmente tanti giorni e settimane, tanti mesi e anni senza riposo né una sosta che veniva da chiedersi dove volesse arrivare e che cosa la costringesse a volare. Chissà dove andò, quando fu sparita oltre l'ultimo lembo di cielo. Alla fine, dopo giorni e settimane e mesi e anni di volo, per una ragione che non tocca a noi cercare di comprendere, la rondine decise di posarsi sul ramo di un albero – e non chiedetemi come aveva fatto, non domandatemi che cosa l'aveva tenuta in vita. Ma l'albero su cui la rondine si posò, invidioso di quel volo quasi infinito, permise appena che le zampine sfiorassero la sua vecchia e nodosa corteccia, che le piume della coda solleticassero le sue giovani foglie: subito avvinghiò la rondine, la prese a sé in un intrico di legno, fibre e rami, e non la lasciò più andar via, mai più. La rondine che troppo aveva voluto volare – o forse aveva dovuto, chissà – divenne parte dell'albero, proprio come i noduli di quel tiglio là, vedete. Stretta nel-

121

l'intrico dell'albero, la rondine si fermò per l'eternità. E questa, bambini miei, è la storia della bernacla, che ormai nessuno sa più se è un volatile monco o l'appendice di un vecchio albero, a mezza strada fra un animale e un vegetale. È la storia della rondine che per aver troppo volato fu punita dall'albero che la strinse a sé.

"Il mare è il mio albero, bambini: un tempo, l'ho sfidato troppo, e ora l'ho qui nella testa, e anche dentro le ossa, che mi schiaccia, mi pesta e mi fa vecchio, stanco, capace ormai soltanto di prendere fiato su questa amaca.

"Ma quando l'ombra celeste all'orizzonte divenne terra sempre più vicina e poi approdo, il mio viaggio era appena agli inizi. Qualche giorno soltanto, una sosta, sì da poter sentire ancora la terra sotto i piedi e imparare di nuovo a tenersi saldi, senza avvertire la vertigine, che forse è disabitudine alla terraferma, forse nostalgia del mare che hai appena lasciato. Riprendemmo presto il mare e, accompagnati da cielo e acqua e pesci volanti più accorti della nostra rondine, dopo un'altra settimana giungemmo a quella sottile striscia di terra che disgraziatamente unisce le due Americhe. A Colón, precisamente, là dove il sole sorge sulle onde e affonda oltre un orizzonte di terra scura dietro la quale sapevo, sentivo l'odore di un mare, di un oceano ancora più grande di quello che mi ero lasciato alle spalle. A Colón, Panama, bambini miei, infuriava la rivoluzione: si tiravano fucilate e revolverate nelle contrade. L'armata governativa era formata da quattrocentodieci uomini, quella dei rivoluzionari ne contava trecentotrenta. Il governo aveva anche tre cannoni! Comunque, a parte le fucilate nelle strade, la città era davvero invivibile, piena di paludi che puzzavano tremendamente, un nido di febbri cattive, e per questo fummo costretti a restare a bordo giorni e giorni, una noia inguaribile, a guardare le quattro casupole di legno di cui era fatta la capitale, attanagliata da immense foreste vergini, ricettacoli di serpenti, tigri e altri animaletti che abitano quei paesi. E poi, bambini, pioveva a cataratte, e c'era un caldo insopportabile, impregnato d'acqua e sporcizia.

"Eppure, Eugenio, Mario e Giorgio, non pensiate che il mio viaggio fosse finito o quasi: appena mi fu possibile, saltai su un cavallo e raggiunsi Panama. La città. E l'oceano: un mare smisurato, altero, un mare al cui confronto quello che avevo appena attraversato era una pozza ansiosa di un poco di pioggia. Il Pacifico sì che è un vero mare: che parla, tuona, ti aspetta al varco.

"Otto giorni di Pacifico, otto soltanto, ma con la terra in agguato sull'orizzonte destro e il mare che mi aspettava dall'altro lato, che mi invitava con un ruggito muto – lo udivo soltanto io. Giunsi a La Unión che pioveva, una cascata d'acqua dal cielo che pareva così basso da toccarsi con la punta delle dita, un cielo differente da quello che sta sopra il mare, e da lì ancora sei ore di cavalcata sotto la pioggia battente, prima di arrivare a destinazione: San Miguel, in San Salvador.

"Ah, quanto tempo rimasi laggiù, bambini miei, in una casetta di legno con un tetto di frasche, alle dipendenze della ditta di importazioni ed esportazioni. Che profumi dal magazzino: caffè, cacao, sapone (un sapone duro come sasso), indaco, zucchero scuro come i volti degli indigeni. E le cavalcate verso le piantagioni, giorni e giorni prima d'arrivare, sempre più in alto lungo sentieri e attraverso foreste, quando d'un tratto tutto s'apriva. E dentro le piantagioni, i piedi contro una terra così profonda che è persino difficile immaginarla, e colture alte più di me, donne con bambini in spalla e bambini sopra la pancia come canguri lenti, i canguri dell'Australia... La prossima volta, vi porto un libro con tutti gli animali del mondo!"

Per tutto il tempo che rimase in San Salvador, in mezzo al verde eterno e invadente della foresta, Achille consumò la nostalgia per quel gran mare che non aveva attraversato, e che mai attraversò, quel mare che lo divideva da un mitico Oriente assai più estremo della giungla indomabile in cui abitava, quell'Oriente di cui sapeva dalle lettere che il cugino Oreste spediva a casa, a Parigi, da Yokohama. Oreste scriveva di coconi grandi come angurie, che producevano una seta finissima eppure estremamente resistente. Quel filo giungeva sino al ghetto di Torino, e da lì la magica seta del Giappone arrivava a solleticare il naso, la punta delle dita e dei piedi di Achille, che leggeva e guardava verso un orizzonte che la foresta equatoriale gli negava – guardava in cerca del Pacifico, del Giappone e dei coconi di seta.

Arrivò finalmente in Giappone, ma dopo troppo tempo. Non a bracciate attraverso l'oceano Pacifico, come la scimmia che assomigliava incredibilmente a Giorgio – anzi, forse era proprio lui! –, e nemmeno passando per Torino a racimolare lettere spedite tanto tempo prima e provare a dimenticare lutti inobliabili. Sbarcò e s'imbarcò, da un giorno all'altro, fermandosi a Genova – città nuda di ricordi. Poi tornò a quell'approdo e, da lì, tramite le parole di Lidia, giunse sino a Valmadonna assai più leggero di quanto non fosse alla partenza, quella notte: carico soltan-

124

to delle lettere di Claudia a Bianca, che durante quella prima visita si dimenticò di restituire, e di quelle storie un po' bislacche che entusiasmarono i bambini. Gli risalivano misteriosamente dal cuore – chi l'avrebbe mai detto che le aveva lì dentro? – e tracimavano lente come un flusso d'olio travasato insieme a grappoli di bollicine.

"Avevo un amico, laggiù in America, si chiamava Bing. Se non fosse stato per lui, sarei morto non una ma cento volte: di febbre e solitudine, di noia e nostalgia. Bing veniva da chissà dove, non me lo disse mai, ma capii a poco a poco che da qualunque posto provenisse, la sua era stata una fuga. Ripeteva spesso una parola, che mi resta indecifrabile, eppure è piantata nella mia memoria come un chiodo che non riesco più a scalzare: *pogrom*. Quando la pronunciava, avveniva qualcosa dentro i suoi occhi, e anche più in profondità forse, qualcosa d'impenetrabile. In San Salvador, il mio amico Bing dirigeva una piantagione di canna da zucchero. Quanto stonava il suo colorito eternamente pallido contro il paesaggio dell'altipiano, ma ancora di più sconcertavano i suoi silenzi e l'esperienza che aveva, quasi fosse sempre vissuto lassù. Pensare che vi era arrivato appena dieci mesi prima di me.

"Bing se ne andò una mattina di settembre – di lì a poco, sarei tornato a casa anch'io. Se ne andò a piedi, mi dissero, un mattino in cui sull'altipiano incombeva un nuvolone più scuro del solito. Senza una frase, senza un saluto. Lo scoprii qualche giorno dopo, salendo a trovarlo e vedendo la sua casa vuota, eppure ancora piena di tutto quel che vi aveva lasciato. Un tavolo, una specie di letto rigido, due sedie e qualche stoviglia. Teneva le sue cose dentro un baule chiodato. Chissà perché lo aprii, pur essendo conscio di violare i troppi segreti di un amico che – già sapevo – non avrei mai più rivisto. Trovai – eccome se lo trovai – uno scialle da preghiera bianco e nero, di stoffa pesante, uno scialle che odorava di luoghi remoti. Accanto a esso, uno zucchetto nero come la pece e un piccolo libro di preghiera con un nome: "Itzhak Berl Moskovitz."

Non sapevo che fosse ebreo. Non me lo disse mai, eppure da me lo seppe, con una risata sottile e scanzonata.

Ho saputo che è sceso a Bogotà. Che da lì se n'è andato via su un bastimento. Che è andato a morire a Gerusalemme. Non chiedetemi come l'abbia appreso. Qualcuno l'ha detto a qualcun'altro che l'ha riferito a una terza persona: più semplice di quanto si possa immaginare – d'altro canto, bambini miei, siamo un piccolo popolo, e sono cose che succedono. Comunque, è destino che il mio amico Bing arrivi sempre un poco prima di me: come gli esploratori che, quando il popolo ancora vagava fra le sterpaglie del deserto, già calpestavano il dolce suolo della Terra Promessa, come il giovane Giuseppe che conobbe la sazietà d'Egitto prima di tutti i suoi fratelli."

Nei suoi racconti non c'era lei, Bianca: esisteva la solitudine che venne quando lei ormai non c'era più, e che nelle sue storie si protendeva come un'ombra lunga sul passato vissuto insieme – Achille non nominò mai, nemmeno una volta, la moglie morta. Non per oblio, ma per troppo amore, perché quel nome era il setaccio attraverso il quale tutti i ricordi e le fantasie si sarebbero tramutati in rimpianto – e le storie debbono fare a meno dei rimpianti.

126

"Ahimè, s'è fatto tardi, eccome!" esclamò Achille, guardando prima il sole che già infiammava l'orizzonte di occidente e poi l'orologio estratto con la catenina appesa sulla tasca in petto. Ciò detto, si alzò, calamitando lo sguardo dei bambini rimasti accanto a loro due per tutto il pomeriggio, quasi muti pur di lasciar sgorgare le parole di quello sconosciuto che ormai non era più tale. Era lo "zio Achille", e sarebbe stato identificato con quel nome sino alla fine dei lunghi giorni che la sua vita ancora aspettava.

"Zio, quando tornate?" domandò Mario.

"Domani?!" soggiunse Giorgio.

"È lunga la strada, bambini," disse Achille, rimettendosi il cappello in testa e lisciandosi la barba quasi di nascosto. Baciò la mano di Claudia, sorridendo dentro di essa, e voltò le spalle alla casa di campagna.

Si era dimenticato di consegnare le lettere: il motivo delle sei ore di marcia di quella notte, e delle altrettante che ora lo aspettavano per il ritorno. Nessuno seppe mai se si trattò di dimenticanza vera, o se Achille le avesse trattenute di proposito. Per poter tornare, o per fare ritorno in modo diverso da com'era arrivato la prima volta a Valmadonna.

"È lunga la strada!" gridò anche Claudia alle sue spalle, lasciando implicita ogni raccomandazione, ma soprattutto l'invito a ripercorrerla, per guarire la propria solitudine.

E quante volte negli anni, nei decenni a venire, avrebbero ricordato insieme quella folle giornata di marcia, avanti e indietro fra Voghera e Valmadonna, per restituire un fascio di lettere mai reso e nemmeno evocato lungo tutte quelle ore trascorse insieme a parlare. Quante volte ci avrebbero ripensato, guancia a guancia dopo aver fatto l'amore, occhi negli occhi in un momento qualunque, mano nella mano seduti in salotto, due vecchietti ancora imbambolati per la sorpresa d'essersi riconosciuti e invaghiti l'uno dell'altra in una mattina d'estate.

Tornò sì Achille, di lì a una settimana. A cavallo! Un ronzino appesantito dagli anni, con quattro zoccoli che lasciavano sul suolo delle impronte smisurate, abissali. Aveva appena smesso di piovere: uno di quei temporali che svegliano la mattina con una stagione nuova dentro l'aria, quasi intirizzita, e fanno sprigionare dal fogliame il primo sentore d'autunno. Nei giorni trascorsi fra una visita e l'altra, nella casa di Voghera, aveva letto tanto – e non solo le lettere di Claudia a Bianca. Aveva tagliato legna, era stato nelle quattro cascine di proprietà della famiglia, a controllare conti e modiche rendite, a soppesare colture. Aveva pensato con tenacia, come non faceva da tempo, per paura di soffrire più di quanto già non gli toccasse. Ora arrivò a cavallo, con il busto più eretto di quando era giunto a piedi, stanco viandante. Arrivò sbracciandosi come chi torna e sa di essere atteso.

Ed era proprio così.

Non scese nemmeno dalla cavalcatura, raccolse i bambini da terra chinandosi e, a uno a uno, li sistemò in sella: due davanti a sé e Eugenio dietro, assicurato con le braccia cinte intorno alla sua vita. La passeggiata fu breve, il giro della casa o poco più, e nell'aria lucida dopo la pioggia dell'alba squillavano le risate dei bimbi: Eugenio che rideva composto contro la schiena di Achille, Giorgio che rideva al cielo perché non l'aveva mai visto così da vicino, e Mario che rideva per paura, serrando le gambe contro i fianchi del cavallo.

La notte che seguì, il vecchio ronzino dormì sotto le stelle, legato al balcone su cui s'affacciava la cucina, nel retro della casa. Aveva una corda lunga: così, se avesse voluto, avrebbe potuto passeggiare un poco, prima di tornare sulla paglia che Brigida gli aveva messo di nascosto, la sera tardi – ne tenevano sempre in cantina, per fortuna. E quando già l'alba precoce d'estate saliva, una mano slegò il capo della fune che tratteneva il cavallo, prima di deporgli sul dorso la sella appoggiata sulla ringhiera del balcone. La figura salì in groppa con un silenzio prudente e lo sguardo rivolto all'insù, proprio come quello di Giorgio il giorno prima, uno sguardo indirizzato verso le finestre chiuse della stanza di Claudia, e non al cielo ancora di un colore viola diafano. Achille, il cielo non lo cercò, quella mattina. Lo sentiva piuttosto dentro di sé, immenso, quasi vertiginoso: appena montato in sella, fermò lo sguardo davanti a sé, per non perdere l'equilibrio, e la via sterrata che portava alla strada principale gli parve un lungo nastro dritto, srotolato solo per lui. Nella mente di Claudia, invece, sarebbe rimasto quel sentiero tortuoso e in stentata salita su cui avanzava, troppo lento o forse tremendamente veloce, il carretto con il corpo inerte di Arturo.

Quella notte, le foglie della ginkobiloba trattennero la luce nella loro sottile filigrana, perché nessuno si sedette a ricamare sotto l'albero, e l'immensa tovaglia rimase dimenticata sopra il mobile, con l'inutile ago conficcato nella fibra, un breve tratto di filo che i respiri di sonno e quelli di spasimo, nelle stanze di sopra, facevano vibrare appena. A un'ora tarda, nel vago del buio, Achille si alzò e andò alla finestra: la luna piena s'intrufolava fra le foglie, proprio là dove era più nero che altrove. L'albero dormiva, riposava. Forse era stanco delle tante notti insonni trascorse con Claudia. Dal letto impregnato di calore, lei intanto guardava quell'uomo con il quale non c'erano volute parole: lo guardava senza rimorso né ansia. Con un senso di pace che sentiva sulla punta dei capelli sparpagliati sopra i cuscini per poter respirare, e poi giù, nello spazio fra l'attaccatura delle sopracciglia e fra le labbra, nel punto in cui il respiro affonda e in quello dove solletica il desiderio, ma anche dentro le ginocchia.

Niente parole, perché una qualunque avrebbe potuto guastare tutto: trasformare la prima carezza in una farsa, il bacio sulle labbra in un abuso, la mano sul collo e poi sul seno e quindi lungo i fianchi in un gesto di solitudine disperata – e invece non era così. Solo il silenzio fra loro due, e i respiri vicini, e poi i sospiri e quel grido soffocato che chissà se era di lei o di lui. Le parole avrebbero dovuto spiegare, chiedere, giustificare. Il silenzio, invece, trattenne gli occhi negli occhi, animò le labbra. Avanti di toccarla, la spogliò tutta, in piedi contro la finestra e la luce negata dall'albero, come per pudore: la scoprì e riconobbe in lei quel che aveva già conosciuto nell'unica donna mai avuta, sua sorella. Ma per la prima volta da quando la vedovanza era entrata nelle loro vite con l'impassibile irruenza di un'onda anomala, per la prima volta dopo la disperazione assurda di lui e il dolore pacato ma tenace di lei, furono soli. E poi, nell'istante che venne dopo quella solitudine, insieme. Allacciati.

Dormì l'albero, quella notte, finalmente.

"Prima o poi dovrò finirlo, questo disegno. Non sono Penelope!" disse Claudia, con tono quasi di rimprovero, rivolta più alla tovaglia che all'albero. Le foglie erano invecchiate di colpo, tutte, ma ciascuna a modo suo. Infinite tonalità di giallo, opaco e trasparente, tingevano le fronde: era come la volta di un cielo remoto, diverso. Ormai lo guardava dalla finestra, perché faceva troppo freddo per sedersi là fuori, di sotto. E tuttavia aveva deciso di restare più a lungo a Valmadonna, per vedere le vigne gonfiarsi di colori, con la terra già impregnata di freddo e vapori bianchi, la mattina presto.

In quella seconda metà dell'estate, Achille era tornato tante volte, avanti e indietro da Voghera, a piedi o a cavallo. Era partito la mattina presto e giunto la sera; aveva viaggiato con il buio, ma anche sotto il sole più cocente, senza badarvi. Arrivava all'improvviso, oppure annunciato da una lettera che recapitava Nené dall'ufficio postale, trafelato e allegro come sempre, tranne quella mattina in cui era morto il signor Arturo.

E ogni volta che Achille spuntava in fondo alla proprietà, ogni volta che era ancora soltanto una sagoma esile, quasi filiforme, verso l'orizzonte, ogni volta che era un'ombra sulla porta in un'ora già tarda, Claudia tornava a stupirsi di quanto l'avesse aspettato, nel tempo trascorso distanti. L'attendeva ricamando fili e nostalgie divenute astratte, da quando c'era lui. Da quando l'aveva spogliata la prima volta e guardata a lungo senza dire una parola – e senza alcun pudore da parte di entrambi. Sentiva di averlo scelto fra tutti gli uomini del mondo, e non d'essere caduta nelle sue braccia per solitudine. Lei aveva appena fatto pace con la solitudine quando Achille era arrivato dalla parte opposta del mondo. Un ricongiungimento di due anime avvinte da sempre, non un incontro nato dal passato e dalla disperazione.

"Quando viene lo zio?" domandò Mario, senza alzare la testa dal libro e dal tappeto sopra il quale stava disteso.

"Domani. Col carretto."

"E ci porta fino a casa?"

"Fino a casa."

"Fino a casa! Col carretto!"

Nessuno sapeva delle visite di Achille all'infuori dei bambini, della campagna e di Brigida – che non vedeva e non sentiva, ma sorrideva. Ma ora stavano per tornare in città, ad Alessandria, tutti insieme: un gesto forte. Sicuro come il sentimento che era nato dall'intreccio di tristezza e serenità, di ritorno e scoperta.

"Torniamo a casa con il carretto!" Mario corse a dirlo verso la cucina, dove però Brigida non c'era, e allora uscì in cerca di qualcuno cui consegnare la straordinaria notizia. Trovò soltanto il fattore che arrivava per gli ultimi conti con la signora. Portava un cesto di funghi raccolti nei boschi addossati alle montagne: emanavano un profumo di bagnato e di ora di tornare a casa.

"Buongiorno, cavaliere. Portate questi funghi in cucina, e dite a Brigida che, se non sa che farne, chieda a mia moglie come cucinarli." Mario agguantò il cestino, ma era troppo ingombrante da tenere per il manico, e così lo abbracciò quasi, adagiandovi sopra il naso.

Il seguito della giornata fu riempito dai bagagli: affare complicato e impegnativo. Case, bauli e valigie. Pile di vestiti che viaggiavano da una stanza all'altra, insieme a domande e ripensamenti. Armadi da lasciare pieni con criterio, affinché la biancheria non si guastasse a passare l'inverno rinchiusa in campagna.

"Signora, che cosa ne facciamo della sua tovaglia?"

Non era finita, naturalmente. Da quando l'albero s'era spento per rispetto al buio della notte, il ricamo era avanzato con esasperata lentezza lungo il tessuto soltanto durante qualche momento del giorno che non fosse troppo caldo o troppo fresco, oltre che abitato dalla luce giusta.

"Piegala per bene e infilala in una federa: la portiamo via. Prima o poi la finirò, magari quest'anno!"

Ma di lì a qualche mese, sotto una fioritura che al solo guardarla sembrava svanire tant'era fragile, la tovaglia tornò a Valmadonna, nella stessa federa che l'aveva accolta quella mattina d'autunno. Claudia non aveva fatto in tempo a finirla, e forse aveva deciso che non l'avrebbe mai terminata. Ma ecco che un filo svolazzava nella brezza, sotto l'albero che sembrava ancora più magico per il verde tenero delle foglie – no, non pareva una chioma nuova, ma quella di sempre, capace di cambiare colore per assecondare le stagioni. Sostenuta da quattro paletti, Claudia aveva deciso di fare della tovaglia il baldacchino nuziale sotto il quale, più che sposare Achille, si ricongiungesse con lui, con quell'uomo che le sembrava di conoscere da sempre. Anzi, le pareva di aver conosciuto sempre e soltanto lui. Ne sapeva ogni piega della pelle, ogni poro abitato da un pelo della barba, che ora teneva più corta. E così sotto quel baldacchino circondato da poche facce di famiglia, più di bambini che di adulti, dentro una giornata che sembrava scelta dal cielo con gentilezza, c'era un amore maturo e consapevole, senza più trepidazione, ma con quella gioia speciale e rara che è l'appagarsi insieme, ben consci di questo. Per tutto il tempo trascorso lì sotto, al riparo della tovaglia e dell'albero che sin dal primo sguardo aveva vegliato sul loro amore, Achille non aveva pensato ad altro che al ricordo di Claudia in quel momento di quella notte in cui l'ultimo lembo di stoffa era scivolato a terra e lei era rimasta senza nulla addosso, in piedi davanti a lui, e fra i loro sguardi non erano passati né pudore né frenesia: soltanto il desiderio di essere l'uno dell'altra.

Il ricamo incompiuto sulla tovaglia lasciava penetrare fibre spezzate di sole, e il tessuto respirava insieme all'aria del mattino, alle parole della breve cerimonia. Forse anche la tovaglia imparò ad aspettare dentro la federa di lino, ormai troppo vecchia per contenere un guanciale, e a seguire le stagioni nella casa di Alessandria, lo sguardo di Claudia alla finestra, per vedere quando fosse arrivato Achille, le labbra di Mario che si aprivano di una fessura per lo stupore di sentire la mamma che cantava di nuovo – anche se, in effetti, lui non l'aveva mai udita prima.

Quella mattina ancora d'autunno, il salotto si riempì di bagagli. I bauli portati giù a quattro mani per le scale, i sacchi di iuta con le patate entrati in cucina dalla porta sul retro, e poi valigie e cassette di legno. L'ultimo fu il vecchio baule, dove quasi all'inizio dell'estate Claudia aveva riposto il velo. Prima di riempirlo con la biancheria, tolse dal fondo quell'unica cosa che conteneva. Non aveva intenzione di riportarlo ad Alessandria e, chissà, magari di ritorno sino a Torino, da dove era venuto: da quel giorno, non ci aveva più pensato, non lo aveva nemmeno sfiorato con la memoria, come quando la mano scosta una ciocca sparsa di capelli che accarezza la guancia. L'aveva dimenticato. Ora lo guardò per un istante senza espressione, pri-

134

ma di adagiarlo in fondo all'armadio stretto sulla balconata, quello che s'apriva di meno perché conteneva cose vecchie e lise.

La mattina successiva partirono. Quel viaggio sul carretto fu un regalo per i bambini, e durò quasi tutto il giorno, con qualche sosta ogni tanto per sgranchire le gambe anchilosate e far riposare i cavalli. Achille lasciò le due donne, i tre bambini e i bagagli di fronte alla grande casa sulla piazza, montò di nuovo a cassetta e ripartì senza dire la destinazione. Ma forse non partì; di certo, il suo sguardo rimase lì, insieme a lei.

Voghera, il 20 di ottobre

Mia adorata Bianca,
so che non mi puoi sentire né vedere, so che non leggerai mai queste righe, e forse è meglio così. Ho pensato molto prima di scriverti, amore mio: e più ci pensavo, più sentivo impossibili queste parole. Ma, in fondo, pure la tua morte è stata così, per me, anche tanto tempo dopo: impossibile. Quel giorno me ne andai, scappando per la foresta. Ero convinto che l'amore che ti portavo, e che tu portavi a me, avrebbe impedito una cosa del genere. Non ce l'avrebbe neppure lasciata immaginare. E invece sei andata via con la tua bambina, e così ho preso la direzione opposta, giacché tu mi avevi voltato le spalle.

Da allora, non ho smesso di amarti. Ti amavo per dispetto, ti amavo mio malgrado. Ti amavo come un amante respinto che non si capacita dell'abbandono. Sino a quel giorno in cui, di colpo, ho incominciato ad amarti dentro un'altra donna, o ad amare lei in te. Ancora non so chi ha voluto che tutto questo accadesse: forse l'albero che quella mat-

135

tina dominava la scena, forse il cielo dove il Signore accoppia le anime ancor prima che scendano nel mondo.

È una colpa o un tributo a te che mi hai reso vedovo a ventinove anni? Non lo so: ancora una volta, non lo so, né cerco di comprendere.

Non è vero che non ho più smesso di amarti. Sì, l'ho fatto quella notte, quando prima di trovarci abbracciati, ho desiderato essere lei, mentre guardavo lei che desiderava essere me. Tu eri andata via, un'ombra dietro la finestra, dentro il buio. Nero sopra nero.

Perché?

Perché è passato quello che ho provato per te? Perché lo strazio è divenuto silenzio e non nostalgia, struggimento, amor di solitudine?

Ti faccio inutilmente tutte queste domande. Non perché le voglia rivolgere a me stesso: non saprei neppure da dove cominciare per provare a rispondere. Vorrei che tornassi per un momento. Ora, per la prima volta da quando non ci sei più, ho bisogno di te. Prima non avrei retto al tuo sguardo, alle tue mani che mi sfiorano appena il viso, per una specie di carezza. Ti cercavo nelle lettere che avevi aperto, negli oggetti che avevi toccato, nelle notti. Ti cercavo, ma non ti volevo più, forse. Era un dolore chiuso in se stesso. Adesso che ti ho perduto per sempre dietro l'ombra sparita quella notte dalla finestra aperta della camera di Claudia a Valmadonna, sento di aver bisogno di te per un momento, prima di dirle che l'amo e che l'amerò sempre come non ho mai amato te, in un modo diverso. Che lei non è la mia bambina coraggiosa, non è la moglie fragile cui mi avvicinavo con il timore di perdere qualcosa di lei ogni volta, concedendomi troppo. È lo specchio perfetto della mia passione, lei.

Ora so di aver avuto te prima e lei dopo perché questo era il destino. Non vi cerco più l'una nell'altra. Aspetto ogni sera la sua pelle sotto le mani. E mai una sola volta la porterò in braccio sino al letto, come facevo con te.

Se ancora esisti in un mondo che non è questo, ti prego di voltare lo sguardo quando facciamo l'amore. Per te, mio tesoro, ma anche per noi.

Ti abbraccio,

il tuo Achille

Fu così che, terminata la cerimonia, la tovaglia incompiuta tornò nella sua vecchia federa, la quale finì dentro l'armadio sulla balconata, non distante dal velo che nessuno toccò più per molto tempo.

Terra

Adele era molto stanca. Il quadro sulla parete di fronte al letto lo vedeva sfocato, tremolante: prima della sofferenza, ora avrebbe venduto la stanchezza. Chiamava il sonno, quello faceva capolino fra una doglia e l'altra, le accarezzava le palpebre per un momento beato e spariva subito dopo, appena il dolore si svegliava dalle ginocchia insù e dal collo ingiù, stringendola fortissimo, e Adele sentiva tutto accartocciato dentro di sé e malediceva la doglia, persino il bambino – che avrebbe scacciato senza pensarci, in cambio di un'ora di sogni. O anche soltanto di respiri eguali, non come quel ritmo assurdo, lento e poi impossibile, quando non le sembrava di non trovare più i polmoni, e la respirazione era un prurito ai capelli, alla punta delle dita.

Adele, prima che il travaglio incominciasse, aveva tanto desiderato che fosse una bambina. Voleva una bambina che assomigliasse al suo Mario perché, quando l'aveva conosciuto, il primo pensiero era stato proprio quello: 'Come sarebbe bello, se fosse una ragazza.' Aveva quella fragilità che con il tempo diventa fascino. Ma quando Mario conobbe Adele era ancora soltanto l'impaccio di una timidezza proverbiale, che sfogava sui libri. Adele non aveva mai visto nessuno leggere così tanto come lui, e anche se non poteva ancora saperlo, quella domenica mattina in piazza delle Erbe in cui l'aveva veduto per la prima volta, nel suo sguardo aveva già notato qualcosa di assorto.

"Scusate, Adele, se il mio amico non è particolarmente brillante. Ha trascorso la notte di guardia in ospedale, abbiate commiserazione dei suoi occhi persi nel vuoto," aveva detto Gino, un po' per tristezza e un po' per provocazione, presentandole il giovane dottore fresco di laurea appena arrivato a Mantova da Torino, con la sua aura promettente posta nero su bianco sopra la lettera che il professore gli aveva dato da recapitare al collega primario. Eppure nessuno dei giovani medici l'aveva avvertito come un intruso: forse era l'inconscia soggezione per le sue mani sul tavolo operatorio, forse il fuoco tacito di passione per quel lavoro che tanto tempo prima aveva lasciato interdetta sua madre.

"Voglio fare il dottore, da grande," aveva incominciato a dire Mario da bambino, e nessuno gli aveva badato più del dovuto: né lo zio Achille, né i fratelli, e tantomeno lei.

"Mi sono iscritto a medicina," aveva annunciato, un giorno, lasciando tutti a bocca aperta, perché quella vocazione troppo precoce e poi taciuta durante molti anni di scuola era ormai svanita dal quadro di famiglia. Ma non dalla sua testa, evidentemente.

"Sarai il primo in famiglia," aveva detto Claudia, dopo un lungo momento di silenzio, sospeso sopra le minestre fumanti.

Mario udì il gemito alto e roco, e appoggiò – quasi spinse – la testa contro la finestra. Subito dopo, un brusio cadenzato. Insopportabilmente monotono. La levatrice non l'aveva voluto in camera, a meno che non fossero sorte complicazioni.

"Il parto è un affare di donne, dottore. Non si preoccupi. Se c'è bisogno, sarò io la prima a chiamarla."

Erano in tre, rinchiuse dietro quella porta. Sua moglie che, robusta e forte e sana com'era, nessuno avrebbe mai detto che dovesse affrontare una simile fatica per sgravarsi. La vecchia levatrice che Adele aveva voluto a tutti i costi perché era una tradizione di famiglia, perché per quanto lui fosse così dubbioso, doveva sapere che a Mantova negli ultimi quarant'anni quasi tutti erano venuti al mondo fra le sue mani, e il suo bambino avrebbe dovuto fare altrettanto – ad Adele, quelle mani sembrava di ricordarle, persino, le aveva stampate addosso, sulla pelle ancora impregnata dell'alveo di sua madre. Così, per il timido Mario non c'era stato nulla da fare, nessuna possibilità di far venire a casa suor Stefania dall'ospedale che sapeva più di dieci dottori messi insieme e di bambini ne aveva fatti nascere a bizzeffe: a Lugano, prima di scendere a Mantova.

Adele aveva voluto l'Elvira che, prima del suo bambino cocciuto, aveva messo al mondo lei e i suoi due fratelli in rapida successione. E cugini, nipoti e amici – del ghetto e non.

Quanto avevano parlato, le due donne, all'inizio del travaglio, quando le doglie le lasciavano ancora le forze tra un'onda e l'altra, ed erano quasi un motivo d'orgoglio. "Anch'io, finalmente!" diceva il sorriso di Adele da dentro i suoi venticinque anni, e si sentiva davvero vecchia per il primo figlio.

"Hai fatto bene a studiare, figlia mia. Hai fatto bene," ripeteva Elvira, spiegandole soprattutto con alcuni gesti sicuri delle mani le contrazioni e come trattenere il respiro e domare i muscoli.

"Soffia, soffia."

"Ora inspira, profondo, fin dentro i polmoni del tuo bambino!"

Aveva una voce contadina, Elvira – e anche le mani, a ben pensarci, se non avessero raccolto bimbi dal ventre materno per una vita intera, sarebbero state adatte per la campagna, per spargere il mangime per le galline nell'aia, trattenere la falce, mungere. Ma Elvira era nata levatrice.

Mario trattenne a lungo la testa contro la finestra, con una specie di contrazione immobile. Stava odiando quelle ore. E forse era la prima volta in vita sua che odiava veramente. Magari adesso odiava anche quella vecchia con le sue pezze calde. Ogni tanto usciva in punta di piedi dalla stanza e andava lesta in cucina, a prendere altra acqua bollente che Maria preparava. Ogni tanto mandava fuori Elisa, l'amica che Adele aveva voluto accanto a sé. Un andirivieni di insulsa acqua bollente e vecchi stracci, che l'uomo non capiva. Solo dopo, con la bambina – meravigliosa – fra le braccia, realizzò che le pezze erano il sipario di quel mistero del parto negato a chi non è donna. Un sipario rappezzato e financo ridicolo: ma tanto bastava per negargli tutto ciò che avvenne oltre quella porta, se non nei suoni indecifrabili che a tratti sfuggivano e non dicevano nulla di ciò che stava accadendo, in fondo.

Così, quel gemito che lo schiacciò contro la finestra, era dolore o altro? Assomigliava più a un ansimo d'amore che a uno spasmo. Era stanchezza, ma anche un'energia misteriosa. Apparteneva a sua moglie, ma anche a una donna quale lui non aveva mai conosciuto, né immaginato nel suo corpo generoso. Fianchi e seno e una schiena che pareva un mare.

"Girati, Adele, ti prego."

Adele sbuffava, si voltava facendo sussultare tutto il letto. Allora Mario le alzava la camicia fin sopra la nuca e guardava. Minuti e minuti passavano così. Dentro la curva, affondato nella fossetta subito sopra l'attaccatura delle natiche, Mario trovava il mare di cui lo zio Achille gli aveva raccontato tante volte, oceano di acqua e cielo, l'orizzonte increspato che li faceva incontrare.

Dopo quel gemito alto e lungo, più nulla per molto tempo. O forse il silenzio era solo un'impressione di Mario, che ora guardava dalla finestra la città addormentata, il selciato sporgente della strada. A due isolati appena di distanza, dormiva anche la piccola sinagoga racchiusa dietro mura anonime, dove due anni prima aveva sposato Adele, fra vecchi stucchi, panche scure di legno ignare della separazione rituale fra uomini e donne: ci si sedeva dove capitava, perché il matroneo era pericolante e nessuna si sarebbe avventurata lassù. Adesso gli pareva trascorsa un'eternità da quel giorno, e faticava a credere che il lamento dietro la porta appartenesse alla stessa ragazza radiosa al cui dito aveva infilato l'anello: quella scena sembrava distante millenni di vita. Adele si lamentava come un'ottuagenaria agonizzante. Eppure dal silenzio, dalla sua gola, a tratti compariva qualcosa di diverso dal dolore. Un'emozione di sfida, ecco. Un impulso quasi carnale.

"Sono io che lo metto al mondo, non tu!" suggerivano ora le grida, dietro la porta. Quindi uno sbuffo sonoro, portentoso, e un respiro di sollievo che passò da tutte le fessure della porta. Poi un grido nuovo, completamente

142

nuovo, non il pianto di un bambino, ma un'esplosione di voce che diceva: "Guardate che ci sono anch'io!"

Stretto fra queste due esclamazioni, Mario si sentì solo come non era mai stato. Smarrito ed escluso finché, qualche secondo dopo, la porta della stanza si spalancò, ed Elvira comparve tenendo in braccio un fagotto tutto scomposto, coperto di stracci e umore di parto. Porgendo Bianca al padre, l'anziana levatrice le asciugò il viso ancora bagnato e sporco di sangue.

"Eccola, dottore, la sua bambina. Ho voluto mostrarvela subito, appena uscita, perché voi siete un dottore, e non vi spaventerete, vedendola ancora così!"

"Spegnete la luce, Elvira, vi prego."

Mario accolse la neonata in braccio. Era calda, molto più delle sue mani. Bianca sbadigliò con una smorfia adulta, poi contrasse i quattro arti: suo padre sentì le gambine fremere dentro il fagotto.

"Al buio si scorge meglio il lume," disse, levando lo sguardo dalla figlia e sorridendo alla levatrice che già tornava in camera, dalla puerpera. La guardò per il breve tratto di strada, di spalle: piccola e tarchiata, camminava ciondolando leggermente come una papera fra l'erba alta e il fango di quand'è appena piovuto. 'Chissà quanti bambini ha davvero fatto nascere,' pensò Mario, 'saranno migliaia. Come le sarà venuto in mente di fare la levatrice, lei che è nata ancora nel ghetto. Del resto, anche lì si nasceva, e un paio di buone mani ci vogliono sempre, ovunque si venga al mondo.' I pensieri di Mario esalavano dal respiro della figlia, che Elvira forse aveva dimenticato tra le sue braccia. Ma ora lei doveva occuparsi della madre. Mario restò ancora a lungo fuori dalla stanza dove Bianca era

143

nata, un po' per timore un po' forse perché era offeso con Adele, gelosa del suo segreto come ogni altra donna al mondo. No, non le avrebbe mai perdonato quei gemiti di travaglio, ma anche di orgoglio.

Era già spuntata l'alba oltre l'orizzonte dei tetti, sopra la nebbia che i canali di Mantova trasudavano, quando Elvira prese lo scialle rimasto per tutte quelle ore appeso nell'ingresso e, con un gesto finalmente stanco del capo, disse sottovoce, perché Adele s'era appena addormentata: "Io vado. Tornerò questo pomeriggio, sul tardi. Ma per qualsiasi cosa venite a chiamarmi, sarò a casa."

"Aspettate, Elvira. Vi debbo... Vorrei dirvi..."

"Non preoccupatevi, dottore... Non dovete ringraziarmi, è il mio mestiere. Ringraziate vostra moglie, per quel che ha patito anche per voi. È stato difficile, credetemi. La bambina non voleva saperne di scendere, quella pigrona. Si vede che stava bene dov'era. La mamma, lei merita tutte le attenzioni, ora. Quanto al mio compenso, al primo bagnetto della neonata."

"Aspettate..." Mario non si capacitava di quell'urgenza per trattenerla. Ora rivide in un'unica immagine tutta la notte trascorsa ad aspettare la piccola Bianca. I silenzi, le parole smozzate, i sospiri e i respiri e i lamenti e le grida, e l'attesa sfiancante, quando ogni minuto che passava era un tempo interminabile e capovolto, e a ogni istante già trascorso l'attesa si faceva più lunga. Di quella notte sospesa sopra un baratro di solitudine e paura, a Mario adesso tornò in mente il tacito andirivieni con l'acqua calda e i panni, gli strumenti di un rituale inafferrabile che aveva portato al mondo – finalmente – sua figlia.

"Aspettate Elvira. Abbiamo nell'armadio tanti teli vecchi. Appartengono al corredo di mia madre, e – chissà – forse di sua madre e di sua nonna… Magari vi servono."

E con un gesto affatto inconsueto andò al grande armadio della biancheria, nella stanza che dall'indomani sarebbe diventata quella della giovane balia, quasi una bambina, in arrivo dalla Valsugana. Dopo aver frugato con lo sguardo e una certa timidezza fra le lenzuola di casa, alla fine trovò sul piano più alto alcune pezze. In parte lise e quasi diafane, in parte irruvidite dal tempo e dai lavaggi. Quel poco che restava della roba di Valmadonna. Dopo la guerra, la casa era stata venduta, e sua madre aveva spartito fra loro gli arredi e il corredo, come se smembrare fosse un blando antidoto contro il rimpianto e la nostalgia per il pensiero di non essere più là. Non era stata una decisione difficile: Achille aveva comprato una grande villa non lontano da Torino. Piena campagna, ma a tiro di città.

Ma soltanto dopo che tutto era già stato fatto, sua madre s'accorse delle radici lasciate a Valmadonna: e furono il dolore e la meraviglia, le mille giornate tutte eguali, la solitudine guarita da anticorpi spontanei. Così, un giorno, lei e Brigida da sole, erano partite e, con l'aiuto del vecchio fattore, avevano svuotato la casa e portato via tutto. Il vuoto non cancellò i segni del passato, ma se non altro stemperò il rimpianto nel daffare. Com'era capitato già tante altre volte, per perdite diverse.

Nella piccola casa di Mantova, Mario aveva portato biancherie e oggetti di Valmadonna, oltre al monumentale divano che troneggiava in salotto come una balena in vasca. Per tutta quella notte non era riuscito a sedervisi, respinto da una specie di allergia o forse dal pensiero che sarebbe stato un affronto per sua moglie che stava soffrendo dietro la porta.

"Ecco, ne ho trovate alcune. Prendete, potranno servirvi."

Mario porse il fascio di tessuti incolori alla levatrice. Nel buio dell'ingresso, le vecchie tele emanavano una luce sbiadita. Elvira si strinse nello scialle di lana e prese quello strano regalo sottobraccio: in fondo, non ne aveva mai abbastanza, di vecchi lini da tagliare. E più erano lisi più erano adatti ad alleviare partorienti e pulire neonati.

La mattina saliva sopra la città, e un tepore insolito calava sui tetti. Era un vento caldo, una comparsa rara in una città abitata da afa immobile e nebbia umida, e talvolta da splendide giornate in cui il sole pareva inchiodato al cielo. In quella mattina in cui nacque Bianca, invece, tutto sembrava mobile: Elvira strinse a sé il fagotto di tele e ripensò alla neonata, sbucata con aria di beatitudine dal travaglio della madre. Talvolta venivano al mondo così, talaltra con vistose tracce di sofferenza: bambini sani gli uni e gli altri, ma con una diversa misura di memoria. Quanto alla sua, di memoria, solo in quel mattino di febbraio si accorse che celebrava i cinquant'anni di lavoro: aveva cominciato nel '77, a sedici appena compiuti, porgendo panni e acque bollenti a sua madre. Nulla di quel rituale l'aveva stupita, nemmeno la prima volta: era tutto come se lo aspettava, o forse come aveva sempre saputo. L'aveva negli occhi e dentro le mani, il mestiere. Si domandò quanto avrebbe continuato a correre di notte e di giorno, quando capitava, ad aguantare lo scialle appeso alla porta di casa e ormai abituato a uscire nelle ore più

146

impensate: dopo i primi minuti di sonno la sera, nella calura del mezzogiorno estivo, nelle mattine di primavera sotto una luce di beatitudine. Il tempo e tutti i bambini nati con l'aiuto delle mani di Elvira avevano insegnato al vecchio scialle di lana ad avvertire i colpi bussati alla porta di casa con un infinitesimo istante d'anticipo, come un debole alito di vento che lo smuovesse appena, appeso al gancio.

Elvira trovò Ariodante in cucina che faceva colazione con la minestra lasciata sul fuoco la sera prima, quando era giunta l'Elisa a chiamarla. Lo vide curvo sul piatto che fumava, la nuca larga di un vecchio stanco non di vita ma per avere lavorato troppo, e provò per lui la compassione di una madre che sta per lasciare il figlio orfano. Orfani lo erano entrambi, due genitori mancati. Ammalati di silenzi, di quel che per pudore e per una sensibilità cresciuta intorno al loro reciproco amore non avevano mai osato dirsi: il rimpianto dei figli che non erano arrivati, la colpa che ciascuno dava a se stesso per quel castigo ricevuto da Dio.

"Tutto bene?" Ariodante scattò con lo sguardo dal piatto a sua moglie, appena ne sentì i passi. Era un poco sordo, la vide quando ormai si trovava a pochi metri da lui. Ogni bambino che nasceva – lui lo sapeva – rinnovava in Elvira lo strazio della propria sterilità. Ma le madri – e soprattutto le sue mani di levatrice – non dovevano riconoscere questa taciturna disperazione. Adesso finalmente Elvira si abbandonò sulla sedia.

"Sì."

Ariodante invece si alzò, prese dallo scaffale una scodella e, con il mestolo, vi versò una porzione di brodo. Sapeva che la moglie l'avrebbe sorbito a lenti sorsi, senza il

147

cucchiaio. Diceva sempre che così la scaldava di più. Ora lei aveva nelle ossa il tepore del venticello caldo, ma non osò rifiutare il gesto premuroso del marito, che la serviva per non sentirsi inutile, dopo la sua faticosa nottata.

"Bisogna farci un pensiero, per l'ospizio," disse Elvira, dopo un lungo silenzio e con un tono impassibile. Quella parola passava ogni tanto fra loro, nei momenti più imprevedibili. Era sempre lei a rievocarla e, subito dopo, a scacciare dalla mente l'immagine delle quattro finestre al primo piano, accanto alla sinagoga, che ospitavano gli anziani della comunità. Adesso era la stanchezza dentro gli occhi a parlarle, erano le mani fragili di suo marito, disseminate di chiazze scure. Avevano un tremito perenne, quasi impercettibile: ma per lei che le vedeva ogni giorno da quasi mezzo secolo, quel tremito era un'evidenza minacciosa. Il discorso affogò dentro la scodella di brodo.

Nel pomeriggio, prima di tornare dalla puerpera, Elvira portò in cucina le pezze che Mario le aveva regalato, e iniziò a tagliarle a una a una, in riquadri regolari grandi poco più di un fazzoletto. Toccò a lini grezzi, tovaglioli smisurati, asciugamani lisi. Il capo di un filo orfano era rimasto penzolante sull'ultimo punto dato, sopra a un ricamo incompiuto. Elvira scostò lo sguardo per una veduta d'insieme del disegno, sorrise e tagliò. La stoffa bianca si sfilacciò subito.

C'era anche il velo ch'era stato di lutto, prima di finire in fondo all'armadio. Elvira non ne riconobbe l'ultima sua vocazione: dopo tutto, era soltanto un rettangolo di stoffa fine come seta ma senza trasparenza e dal colore inafferrabile, reso opaco dagli anni trascorsi nel buio dell'armadio. Il contatto risultava strano: i polpastrelli scivolavano via, eppure qualcosa del tessuto sembrava restare dentro le mani al solo sfiorarlo. Elvira lo accantonò, non era adatto per fare pezze da parto. Prima di piegarlo, lo guardò a lungo, passando avanti e indietro sulla stoffa indice e medio della mano destra.

Poco dopo uscì, lasciando aperta la porta di casa, giacché Ariodante era in sinagoga per la preghiera e sarebbe tornato certamente prima di lei. Il sole era già tramontato, raggelando l'aria. Elvira ripensò alle stoffe che aveva messo da parte per sé e per il marito, e riandò con la memoria a quel giorno lontano: anche allora, era in cammino. Percorse il ponte sul canale e svoltò a sinistra, verso la casa del dottor Mario.

L'alba stentava a venire, quasi che la notte avesse deciso di non terminare più o, quanto meno, di lasciare un suo ricordo tangibile sopra le colture addormentate e fra i filari di alberi che segnavano i confini dei campi. I canali gonfi di acqua scura e i radi tetti isolati non facevano che accentuare l'immobile sensazione di deserto. Pareva che il giorno non arrivasse più, oltre la coltre di nebbia che era come il sudore freddo della terra, e intirizziva fin dentro le ossa e oltre – fin dentro l'anima, forse. Da qualche parte magari stava giungendo l'alba, ma non su quelle campagne. L'occhio non l'afferrava, e anche nell'aria non si sentiva ancora nulla: non un fremito di foglie morte rimaste appese a un albero, né un vago canto d'uccelli quasi ammutoliti dal freddo.

Chissà che ore erano, chissà se sarebbe successo ancora qualcosa: magari tutto era condannato a restare dentro un letargo scuro e spaventosamente silenzioso. Elvira tornava a casa a piedi, come al solito, prima lungo un sentiero e poi imboccandone un altro, attraverso quei campi che ormai conosceva quasi come le strade della città, e in cui s'orientava immaginandosi incroci, svolte, linee perpendicolari e parallele. Una topografia personale e necessaria, tratteggiata a forza di camminare: non tutti i bambini nascevano nelle case di città, a cinque minuti o poco più da dove abitava. Elvira conosceva Mantova come una tasca del suo grembiale, come la stanza in cui si è nati. Tutto era talmente familiare che le distanze s'accorciavano, per le strade della città. Lei le solcava di buon passo, senza indecisioni, a qualunque ora del giorno o della notte, attraversando l'intero abitato in un pugno di minuti.

Prima di venire al mondo, i bambini di città le lasciavano il tempo di un bel caffè lungo e bollente, talvolta anche di un pasto vero e proprio, magari già iniziato, ma che non era necessario interrompere immediatamente per alzarsi e seguire, vestita com'era e solo avvolgendosi nello scialle, il ragazzino di turno, il padre affannato, la sorella accorsa a chiamarla con il fiato in gola. Per quelli di campagna non era così: bisognava correre, e subito, perché la strada era lunga, per tutti e due: per la giovane levatrice dalle mani d'oro, che aveva imparato il mestiere dalla madre ma che sembrava averlo dentro da sempre, e per il bambino lungo l'interminabile canale di parto, verso la luce. Traversate d'oceano, peripli di continenti macinava l'Elvira andando a far nascere i bambini. Erano stirpe di levatrici, sin dai tempi più remoti del ghetto, un mare di anni e generazioni prima di lei, che non viveva più nel ghetto. O meglio, sì che ci viveva, soltanto che adesso il ghetto non c'era più, spazzato di fatto dalla storia, quella grande: ma se i tempi se ne vanno, i luoghi rimangono, intatti e indifferenti, a meno che qualcuno non decida di distruggere anche loro, oltre al tempo.

Chissà da quanto le donne della sua famiglia facevano nascere i bambini del ghetto, ma non solo quelli, perché quando un bimbo viene al mondo non sa ancora se è ebreo oppure cristiano, e le mamme piangono e gridano e, quando tutto è finito, ridono nello stesso modo – per loro, due mani esperte sono soltanto due mani esperte, che prendono, scaldano, rassicurano, aiutano. E quelle di Elvira, che veniva dal ghetto ed era ancora giovane ma aveva già fatto nascere tanti di quei bambini che quasi non li contava più, caso mai li incontrava per strada già grandicelli... le sue mani non facevano distinzione fra bimbi ebrei e gentili, fra stanze con crocifissi appesi, cascine desolate con un tanfo d'animali che stagnava ovunque, e le case del vecchio ghetto che conosceva pressoché tutte come le tasche del suo grembiale, come le frange del suo scialle sfilacciato. Certo, gli Abramini e le Rebecche, le Perle e gli Emili erano tutti suoi: i bambini ebrei di Mantova e dintorni non venivano alla luce senza le mani e le parole di Elvira. Ma non erano gli unici: e l'Elvira correva, macinava chilometri, andava e veniva nelle ore più tristi e mute, ma anche in quei momenti che il tempo regala a pochi eletti. Albe placide, nottate estive cariche d'attesa, giornate d'autunno un po' languide e grigi freddi invernali che tenevano tutti chiusi in casa. Tutti tranne lei, quando c'era bisogno.

Che freddo quel giorno, o meglio quella notte che sembrava non voler farsi giorno: un freddo inzuppato di umi-

151

dità e di nebbia troppo pesante per risalire dai campi. Elvira aveva soltanto voglia di tornare a casa, scaldarsi, riposare – un bel brodo fumante, prima di tutto. Era stato un parto facile, tutto sommato: il quarto figlio di una madre più o meno dell'età sua, con il pancione appicciato a un corpo minuto. Alla fine s'era alzata lei stessa, per accompagnarla alla porta, con il neonato in braccio, avvoltolato in mille pezze di lana, mentre gli altri tre dormivano intorno alla stufa, cuccioli infreddoliti.

Anche Ariodante, che chissà per quale motivo in quella strana ora stava rientrando in città, aveva freddo. Ma a lui il freddo non dispiaceva, lo svegliava. Chissà perché era in giro in quell'ora cupa, visto che non faceva la levatrice ma il mercante di santini, e girava per le campagne vendendo oggetti sacri nei villaggi e nei casolari. Davvero un bel mestiere, per un ebreo: ma in questo come in tanti altri casi, alla vocazione non si comanda, e Ariodante svolgeva quell'attività da un pezzo. Una fatica, per chi non lo sapesse: sempre in giro da un borgo all'altro, da un grappolo di case coloniche all'altro, con il carretto, la parlantina da imbonitore – onesto e a modo, però – e la pazienza di ascoltare, di prender nota delle richieste, dei desiderata dell'uno e dell'altra. Madonne sgargianti e sfarzose, ingioiellate come regine d'Africa; Bambin Gesù paffuti e rubicondi, biondi come un nordico dono di Dio; Sacre Famiglie e Santi Protettori in miniatura per povere devozioni: l'Ariodante decantava le sue opere d'arte con la perizia del mercante consumato, capace di soffermarsi anche dieci minuti sul drappeggio della veste, sui delicati lineamenti di un volto e sul gioco di luci e ombre che dava all'immagine un tocco assolutamente unico. Ma non lo faceva con malizia o disdegno, no, anzi: c'era quasi una certa confidenza, il senso di un'intimità che gli davano quelle cascine sperdute dove si vinceva il freddo stando tutti insieme, il più vicino possibile, e dove d'estate ronzavano le mosche e un'afa pigra intontiva gli sguardi. Ariodante rendeva un bel servizio alla gente di campagna perché, come si sa, e come un tempo si diceva da quelle parti e anche da molte altre, tutti (o quasi) i problemi si risolvono a letto: ed era possibile una soluzione più agevole se a buon auspicio, protezione e benedizione si appendeva sopra il talamo lo sguardo sognante di una Madonna, la smorfia severa e immobile di un crocifisso. Che alti erano quei letti di campagna: sembravano sospesi sopra degli inutili trampoli, parevano delle palafitte – come a poter guardare il mondo dall'alto, almeno nel sonno, dopo che si è trascorso il giorno curvi sulla terra. Del resto, nelle grandi famiglie che abitavano in campagna, impensabili sequenze di generazioni, quei lettoni alti e lunghi erano l'unico luogo dove due sposi, giovani e vecchi che fossero, ricevevano il dono di un'intimità fatta magari soltanto di quattro parole, un sorriso e una lacrima.

Ariodante trattava la mercanzia con circospezione, e pur sentendo un'immane distanza fra quegli idoli e quegli arredi sfavillanti e il proprio universo di fede fatto di mura spoglie, parole nude rivolte a un Dio inaccessibile e rituali quasi astratti, non ebbe mai un solo moto di ribellione o di ripulsa. Certo, a ogni affare concluso mormorava fra sé e sé – e c'era sempre qualcuno che lo sentiva, anche se ormai tutti vi avevano fatto l'abitudine e nessuno ci badava più di tanto – ... insomma mormorava: "*Qadosh baruk Hu*, perdonami per quello che faccio!" *Qadosh baruk Hu* stava per "Santo benedetto", vale a dire il Signore Dio d'Israele, il quale, così almeno la pensava Ariodante, vedeva probabilmente con il fumo negli occhi quello smercio di idoli pagani.

Ma nello sguardo sognante, un poco illuso, quel giovane assomigliava ai suoi santini, e forse per questo veniva sempre accolto con favore nelle cascine e nei paesucoli di campagna stretti intorno a un'unica strada di terra. "È arrivato il giudeo!" dicevano casa dopo casa, appena il banchetto per l'esposizione scendeva dal carro fra le mani di Ariodante. Subito dopo, si formava un piccolo assembramento intorno alla merce. In aperta campagna, invece, la gente usciva dalla porta e gettava lo sguardo curioso dentro il carretto, in cerca di colori e sorrisi di beatitudine.

Insomma, era un po' mistico, l'Ariodante che andava a vendere santini in giro per le campagne con il lento carretto dal cavallo sbadato che, a ogni passo, sollevava gli zoccoli pesanti come se fosse un'impresa. Non gli dispiacevano quelle lunghe solitudini stampate fra un filare di pioppi e un campo arato che fumigava: era abituato a parlare con se stesso, forse perché quasi non aveva fatto in tempo a parlare con un padre e una madre che se n'erano andati molto presto, lasciandolo bambino.

"Elvira, che fate a quest'ora per strada?" domandò, quando l'ebbe raggiunta con il carretto. Aveva scorto di lontano quell'ombra dentro il buio, ma pareva ferma. Un cenno di redini al vecchio cavallo per accelerare seppure di poco il passo, ed eccolo accanto a lei. Elvira camminava sul ciglio della strada, quasi in bilico.

"Sono io che ve lo domando, Ariodante. Non è ora da ambulanti, questa, ma da levatrici, piuttosto. Sentite, verrà giorno prima o poi? A me pare di no."

"Su, Elvira, che fate lì? Salite qui dietro. Si va a casa."

Tre mesi dopo, la casa divenne la stessa per entrambi, e forse già questo intendeva Ariodante invitando Elvira a salire sul carretto. Fu uno di quei matrimoni che, fra la gente del ghetto – che si chiamava così anche se non c'era più, spazzato via dai tempi nuovi ormai un bel po' prima –, non sorprese nessuno, perché quando ci si conosce tutti da sempre, quando ci si conta – diciamo – non proprio sulla punta delle dita ma quasi, il matrimonio è un percorso cifrato con una soluzione scontata. Che l'Ariodante e l'Elvira finissero per diventare marito e moglie era chiaro sin dai tempi dei giochi in cortile, ma la ragazza era arrivata a pensare: 'Quando ci si conosce così bene sin da piccoli – come fratelli e sorelle, anzi di più –, come si fa ad amarsi da marito e moglie? Quando ci si vede in faccia quasi ogni giorno che passa in terra e in cielo, quando si ride insieme dietro l'angolo della strada, quando si sbocconcella la stessa pagnotta in interminabili mattine d'estate, fra un gioco e l'altro, come ci si desidera, poi?'

Alla fine, era andata come doveva andare, con una ventata di quell'amore che ben presto si radica nelle fibre dell'anima e diventa una cosa profonda, difficile anche solo da immaginare, e poi si espande in un affetto che impregna le ossa dei vecchi che, si sa, più passa il tempo, più diventano fragili e spugnose – sempre che Elvira e Ariodante avessero potuto morire di vecchiaia. In famiglia, comunque, erano campioni di longevità: la bisnonna di Elvira se n'era andata alla bell'età di novantadue anni. Una mattina, aveva reclinato il capo sul guanciale, invece di svegliarsi. Era rimasta a respirare così per una settimana; poi s'era stufata di farlo, e aveva esalato l'ultimo fiato.

Tanti anni dopo quell'incontro, Ariodante vendette il carrettino e comprò una bicicletta: il banchetto divenne così una valigia di cartone che s'apriva e diventava un piccolo tavolo con tanto di sponde e gambe, quasi una magia per i bambini di campagna. Anche se non era più un ragazzino, Ariodante pedalava avanti e indietro come un matto, come se il nuovo mezzo di trasporto l'avesse condotto in una terra ignota, tutta da scoprire. Una specie d'ebbrezza di velocità gli portava il cuore in gola sui rari rettifili e lungo le discese, quando tornava dalla campagna senza più merce appresso. A lui piaceva soprattutto annusarla, la campagna, spaziare con lo sguardo nell'ora magari più calda del giorno – e il suo mestiere poteva dirsi un viavai continuo. "L'Ariodante è fuori" era una specie di litania che non aveva nemmeno più bisogno del seguito: comunque prima o poi tornava, per rifornirsi e partire di nuovo, in bicicletta.

Entrava in casa tutto sporco, e con un sorriso beato. Non sapeva mai se vi avrebbe trovato Elvira o no. Non si lamentò mai del lavoro di levatrice che gliela portava via quando decidevano i nascituri – e ognuno di loro era una gioia, ma anche lo strazio dell'utero di sua moglie che, per chissà quali imperscrutabili ragioni, il Signore aveva sigillato.

Quella sera, però, rientrata da casa di Mario e Adele, Elvira tornò sull'argomento. Lo fece quand'erano già a letto, e il buio dissimulava la tristezza.

156

"Ascolta, Ariodante, e prendimi sul serio. Non sto scherzando affatto. Dovremmo pensare all'ospizio. Ci sono dei posti, ma chissà ancora per quanto tempo. L'altro giorno, ho chiesto allo scaccino e mi ha detto: 'Elvira pensateci, ché per ora ci sono posti, ma una volta che arriva qualcuno... Lo sapete anche voi che i vecchietti di Mantova son duri a morire, mi perdoni il Signore, e prima che se ne liberino degli altri può passare una generazione.' Allora io lo dico a te, Ariodante. Sono stanca, mi sento vecchia molto più della mia bisnonna, che è morta quando aveva quasi il doppio degli anni che io ho adesso, ma è così." Ciò detto, si voltò sul fianco, verso il muro, e chiuse gli occhi.

Ariodante non aggiunse nulla. Da quando aveva smesso di girare per le campagne in bicicletta con la valigia e i santini, era diventato più taciturno. Ma quella notte dormì molto male: gli turbinavano i sogni dentro la testa e avvertiva una fitta costante nel petto.

Eppure trascorsero ancora tempi fatti di stagioni e di uteri che si gonfiavano, mesi di passi lungo i selciati della città e i sentieri di campagna, di rane che gracidavano nei canali e spighe di grano mature, di nebbie sempre eguali e parate in camicia nera, prima che Elvira e Ariodante chiudessero la porta di casa per l'ultima volta, consegnando la chiave al mediatore e seguendo a piedi il carretto con le poche cose da portare all'ospizio. Com'era diverso, il mondo, visto da dietro un carretto invece che da sopra, dal nudo legno della panchetta dove ci si era issati prima puntando il piede sulla ruota e poi balzando oltre il bordo, per stare spalla contro spalla a guardare l'alba che finalmente sorgeva.

Il giorno in cui Ariodante comprò la bicicletta fu uno dei più belli di tutta la sua vita. Aveva venduto il carretto, ed Elvira era preoccupata che alla sua età, con quel poco che gli restava da vivere e ancora meno da lavorare, pensasse di mobilitare quelle due gambe ossute, avvezze a restare immobili sotto le redini penzolanti. Ma una specie di ebbrezza aveva pervaso il venditore di santini, da quando aveva scoperto quel mezzo di trasporto: e quante volte prima del sonno aveva sperato di sognarsi mentre pedalava lungo una discesa che andava dal cielo alla terra, come una ripida scala di Giacobbe all'incontrario, e che percorreva a precipizio allegramente.

Ne trovò una, finalmente, dopo mille o più sogni: era di un ricco contadino di Roverbella, che la barattò volentieri in cambio di un gesso di Madonna e Bambino aureolati di rosa e azzurro. Fu l'altro a proporgli quell'affare vantaggioso, e Ariodante arrossì per l'imbarazzo sopra l'accenno di barba bianca, quasi che il suo sguardo rimasto appeso sulla vecchia bicicletta avesse svelato a uno a uno tutti i sogni che non aveva mai confessato nemmeno a Elvira.

"Prendete, prendete. M'accontento di questa piccola Madonna," disse il proprietario della bicicletta, facendo il gesto di stringere il manubrio appoggiato contro il muro.

Ariodante tornò a casa, senza bicicletta e senza Madonna. Il giorno dopo, vendette il carretto e il cavallo imbambolato dagli anni. Quello successivo, tornò a Roverbella a piedi per prendere la sua bicicletta – e tutta la campagna lo sentì cantare, con la gola e con le gambe. Sembrava un ragazzino svitato, anche nella velocità con cui imparò a pedalare, come se l'avesse sempre saputo fare. Le ginocchia fendevano l'aria, quasi perpendicolari alle ruote; la schiena curva respirava velocità. Elvira gli aprì la porta di casa e scoppiò a ridere: era tutto spettinato, gli occhi sembravano andare per i fatti loro, e gli parve persino brillo.

La mattina dopo, la portò in giro per Mantova, sulla canna della bicicletta. I colori della città assomigliavano tremendamente a quelli del loro lontano autunno gentile, ma di quella stagione ancora più ne era il ritratto la doppia figura a cavallo di una vecchia bicicletta capace di regalare un momento di timida grazia. Era mattina presto, perché Ariodante aveva avuto fretta di far provare la bicicletta a Elvira, che adesso continuava a dire: "Mai più! Mai più!" Ma intanto rideva: non ricordava più da quanto tempo non ridesse così, scuotendosi tutta insieme alle ruote sopra i ciottoli, lungo i ponti, su e giù per i dossi della città e persino fuori dalle mura, verso il lago che ancora dormiva sotto la foschia.

Da quel giorno passarono ancora più o meno cinque anni, prima che Ariodante riponesse la sua valigia di mercanzie in cima all'armadio più alto della casa, quasi soffocata dal soffitto, per non aprirla mai più. Cinque anni di instancabili giri in bicicletta con qualunque tempo, la valigia legata stretta dietro come una fanciulla un po' recalcitrante ma, alla fin fine, accondiscendente. Furono i cinque anni più belli della sua vita, senza contare i primi mesi di matrimonio, quando ancora non c'era lo spettro di quella solitudine che conoscono solo i genitori orbati dei figli non nati. Caricava il suo bagaglio di cartone a mo' di portapacchi, si sistemava due mollette da bucato sull'orlo dei pantaloni per non impiastricciarsi di morchia, che è un po' come fango, se non fosse che quella mota lì è una co-

159

sa speciale, densa e compatta, quasi collosa, nelle piatte campagne intorno a Mantova.

Poi, a poco a poco, come un'improbabile onda di ritorno, Ariodante prese a ridurre i propri tragitti, cerchi concentrici ogni volta più piccoli e più vicini a casa, perché le gambe erano sempre più stanche, il fiato sempre più corto.

"Quando la smetterai di andartene in giro in bicicletta come un discoletto? Prima o poi finirai col buscarti qualche cosa di brutto, adesso che arriva la stagione fredda," ripeteva Elvira, senza convinzione – lei che continuava a percorrere chilometri a piedi inseguendo travagli di parto e bimbi pigri a uscire dall'utero, senza badare né alla stagione né all'ora del giorno o della notte. Allora i due si guardavano con muta compassione, come a dirsi: "So bene quello che covi dentro di te." Senonché, più delle gambe sveglie di Ariodante sopra i pedali, più delle magiche mani di Elvira intorno ai bimbi appena nati, poté il tempo, che con lenta tenacia raggrumò la linfa dentro le gambe e le mani, e tutto a poco a poco divenne più pesante. La bicicletta iniziò a passare giorni interi addossata al muro, di fianco alla porta, e i giorni divennero settimane, e una chiazza di ruggine forse vera forse immaginaria si depositò sul muro di pietra.

Era ancora lì, sfocata come una remota nebulosa, la mattina del 1944 in cui arrivarono i tedeschi. "Se dovessero tornare, sappiate che vi ammazzo tutti, con queste mie mani": e quando lo dice, nelle mani di Bianca passa uno spasmo che nessuno potrà mai vedere – né i tre figli nati poco dopo la guerra, né i sette nipoti che la ascoltano ogni volta con l'orrore stampato dentro gli occhi, perché quella nonna fa anche paura, in alcune occasioni.

Comunque Elvira continuò ancora per alcuni anni a far nascere bambini, a Mantova e dintorni, ebrei e gentili, maschi e femmine. I suoi capelli erano ormai interamente bianchi, una criniera che portava corta come una suffragetta battagliera, proprio lei che invece faceva la levatrice e non aveva avuto nessuna figlia cui insegnare il mestiere. Finché una mattina presto di un inverno non diverso da quello in cui aveva incontrato Ariodante sul viottolo di campagna, scivolò sul ghiaccio della strada, mentre tornava a casa. Una caduta da niente, ma lei non riuscì a rialzarsi e, dentro una nebbia di città che s'incollava alle case, si sentì sperduta, destinata a una morte certa per il freddo che le stava entrando nelle ossa e acuiva il dolore al fianco. Poi qualcuno, che quasi non vide, le porse una mano, la tirò in piedi, le sussurrò qualche parola di conforto, e provò a farle compiere qualche passo. Lei tornò a casa con una lentezza non sua, furiosa di rabbia.

"Basta! Domani si va all'ospizio!"

Ariodante la guardò senza il minimo stupore, in virtù della loro lunga intimità di solitudine, ma comprese che quella volta sua moglie faceva sul serio.

Lui non avrebbe voluto portar via nulla dalla casa, se non lo stretto necessario di abiti.

"Che cosa vuoi che ci serva laggiù, Elvira? Due letti e un armadio nella stanza già ci sono," brontolava, seduto ancora sul loro grande letto matrimoniale con il testile di legno quasi nero e i grezzi intarsi decorativi. La moglie era quasi dentro l'armadio, a scrutare, inventariare, valutare che cosa prendere e che cosa lasciare alla pia vicina o fingere di aver dimenticato in quella casa che non avrebbero mai più abitato. Una grossa valigia stava aperta sul letto, in attesa d'essere sfamata. Ma era ancora digiuna.

"Ariodante, per favore, scostati," disse Elvira, voltandosi bruscamente. Teneva adagiata sulle braccia una pila di biancheria personale. Il vecchio avanzò lentamente, da seduto, verso i due guanciali. Poi abbassò il capo, forse per non guardare, forse per riflettere sulle giornate che lo aspettavano all'ospizio.

"To', guarda, me n'ero dimenticata da chissà quanti anni!" esclamò la moglie. In fondo al ripiano più alto dell'armadio c'era una piccola scatola di latta cilindrica. La scritta di vernice se l'era portata via il tempo, polverizzandola nel buio del mobile. Elvira non ricordava nemmeno più quando l'aveva avuta, molto tempo prima certamente, quale tributo di riconoscenza dopo un parto difficile – due gemelli pigri, bellissimi, di una famiglia senza radici in città. Padre e madre venivano da Trieste e parlavano un italiano di sillabe lievi, dall'inflessione continentale. Sei mesi dopo la nascita dei gemelli, la famiglia era partita per Vienna, al seguito del padre, un ingegnere esperto di impianti per cartiere.

Ma quel pomeriggio, l'ingegnere, un uomo minuto con due baffi a manubrio e un'eleganza da grande città, fuori di sé dalla gioia per quel felice esito che ormai non s'aspettava più, padre non di uno ma di due maschietti, dopo aver consegnato a Elvira la busta con il compenso che le spettava, sussurrò, quasi con imbarazzo: "Attendete un momento, vorrei farvi un piccolo dono. Vi debbo la vita di mia moglie e dei due piccini – e poi è giusto festeggiare!" Elvira era abituata ad accettare il compenso soltanto dopo il primo bagnetto del neonato, ma questa volta fece un'eccezione, per non urtare la sensibilità di quella famiglia di cui non conosceva nulla, e men che meno i codici della buona educazione.

L'ingegnere tornò con la piccola scatola cilindrica. "Ecco, tenete, è per voi. È un pugno di terra d'Israele. Me la portarono qualche tempo fa. Un ricordo e una speranza. Quanto a noi, per ora è un mio sogno bizzarro, ma vorrei andarci con tutta la famiglia, e non per una breve visita: abbiamo dei cugini che vivono non lontano dal porto di Haifa, sul Carmelo. Coltivano viti. Appena i miei gemelli saranno un poco più grandi, partiremo. Ci sarà bisogno di carta anche in terra d'Israele, non è vero?" disse, e scoppiò in una risata che stonava con la compostezza della persona. Elvira lo perdonò: conosceva quell'estasi che giunge quando ormai non te l'aspetti più, alla fine di un travaglio all'apparenza interminabile. Quei momenti irripetibili erano talvolta prodighi di una confidenza estemporanea.

"Dunque, tenete questo nostro piccolo ricordo: lasciarvelo è per me una specie di promessa, oltre che un insufficiente tributo di gratitudine."

Elvira tese la mano in silenzio, un po' interdetta. Ma non aprì mai quella scatola, chissà se per riverenza o per scaramanzia.

Comunque, la terra d'Israele era rimasta per tanti anni, dimenticata, in fondo all'armadio. Ora Elvira la prese, avvolse meticolosamente la scatola in un pezzo di stoffa, e si accinse a metterla nella valigia. Per un attimo, guardò l'involto – e un altro sprazzo di memoria le arrivò dentro la testa, proprio dietro gli occhi. Prima ancora di distinguere il ricordo, la fitta scese dagli occhi fino in gola, annodò qualcosa lì, e poi scivolò giù lungo la trachea, a fermare il respiro nei polmoni. Era uno dei panni che le aveva dato il dottor Mario alla nascita della loro primogenita, che era ormai una bambinona ben tornita, che assomigliava tantissimo alla madre, nelle misure e nel sorriso. O meglio, era quello strano telo dalla natura incerta: seta opaca, pizzo ruvido di un colore indefinibile e con una consistenza lieve ma persistente. Come se lasciasse qualcosa dentro la pelle, al solo contatto. Elvira non l'aveva tagliato, quel giorno, perché non le sarebbe potuto servire. E così, quando ormai tutte le altre pezze erano diventate cartocci secchi e non più stoffa, il vecchio tessuto stava ancora lì, piegato nell'armadio, l'unico a sapere che un tempo era stato un velo.

Elvira si portò l'involto al naso, per annusare qualche ulteriore ricordo. Non ne trasse nulla: quella stoffa non emanava alcun odore, nemmeno un'ombra.

"Prendi una cosa e non lasciare quell'altra..." Alla fine, malgrado le rimostranze incomprensibili sbottate dalla bocca chiusa di Ariodante, fra la valigia e gli oggetti sparsi, Elvira riuscì a riempire il carretto avuto in prestito per il loro trasloco. Poche cose, certo, ma non quel nulla che suo marito avrebbe voluto, forse per patire un po' meno il distacco. Un ragazzo tarchiato e forte, di nome Giacomo, tirava il carretto in cambio di qualche lira. I due vecchi sposi lo seguivano, sazi d'età e di pensieri. Nessuno osava domandare all'altro quanto tempo pensava che sarebbero rimasti nella cameretta dell'ospizio, al piano sopra la sinagoga. Ma il tempo ormai li lasciava indifferenti. Per lo meno quello ancora da trascorrere. Era invece il passato, un gorgo denso di immagini e parole, a intralciare la breve strada di quella mattina.

Poi andò meno peggio di quanto non pensassero, senza che l'uno osasse confessare all'altra. Con i ricordi e la nostalgia della campagna, le gambe sempre più stanche di lui, gli occhi affaticati di lei, mentre la vista di Ariodante, avvezza a guardare l'orizzonte sempre alla stessa lunga distanza, con gli anni s'era affinata. E così, la quieta attesa di morire divenne per Elvira un insieme di lunghi sguardi dalla finestra di quel primo piano che le regalava, nei giorni più generosi, il respiro arioso della campagna affacciata verso la città – ed era un bel regalo per lei che aveva trascorso così tante ore della sua vita dentro la penombra di camere chiuse, a far nascere bambini altrui. Ariodante, fra una preghiera e una partita a carte, fra quattro chiacchiere con gli amici di sempre – anch'essi venuti all'ospizio ad aspettare una morte che fosse più discreta possibile ('Magari arrivasse che dormo, e non mi sveglio più!' pensava ognuno di loro, almeno una volta al giorno) –, iniziò a ricamare.

Un po' per gioco, un po' per stupire la moglie. La verità era che gli piaceva, si divertiva e forse portava il ricamo nel sangue, come quel suo antenato commediografo – illustre autore ebreo alla corte dei Gonzaga – che aveva cominciato con una bottega di scampoli e pezze, ma anche preparando costumi di scena con le sue mani. Un paio di mani gigantesche, fra le quali l'ago spariva, e solo lui, Leone, riusciva ancora a trovarlo. La sua bottega era una sfida al vuoto, allo spazio inerte: teli e stracci, abiti e brandelli, rotoli e involti informi giacevano ovunque, ingombrando l'aria stessa, il respiro, il movimento. Nessun criterio pareva guidare quei cumuli: i colori erano macchie sparse e discordanti; roba nuova e vecchia s'ammassavano insieme, senz'ordine. Costumi di scena, federe di nozze, stracci da vendere e rivendere, scampoli ancora da destinare, lane per foderare... Eppure in questo marasma Leone s'orientava, trovava sempre quel che cercava. E, in fondo, trasformare un pezzo di stoffa grezza in un reticolo di disegni, motivi e movimento, non era poi così diverso dall'animare una scena deserta, riempiendola di personaggi, fatti, sentimenti. Tutta questione di estro e di armonia, malgrado il disordine caotico. Ricamare, però, poteva anche dirsi l'opposto del mettere in scena: silenzio, un silenzio inguaribile tutt'intorno, e la solitudine più pacifica di questo mondo, interrotta solo di rado da un cliente che faceva un'ordinazione o reclamava qualche consegna. Aveva imparato da solo a ricamare, messer Leone, per imitazione e per eccesso di fantasia, in assenza di pennelli a disposizione – e, da svago, il ricamo s'era fatto professione, accanto a quella di teatro e poi della scrittura. Per questo, aveva continuato a usare l'ago e il filo insieme alle tre giovani lavoranti cui affidava tele e trame in casa, spinto non tanto dalle numerose e varie commesse, quanto piuttosto da un bisogno di pace che trovava solo nella zeppa bottega dove la luce si scontrava con il perenne pulviscolo portato da velluti e rasi, da lini e lane.

Ma fu dovuta al rovello, al tormento e all'ossessione, o piuttosto a una gioia istintiva, la decisione di Leone, divenuto ricco e famoso, di donare il proprio terreno per costruire una grande, monumentale sinagoga: cioè la sinagoga cittadina, destinata a una lunga, secolare e memorabile vita? E così di lui resta a Mantova, più e accanto alla fama di commediografo e regista, nonché di ricamatore, più ancora di una tomba terrena... più di tutto ciò rimane il ricordo delle fondamenta altrettanto terrene su cui, in un tempo passato, sorgeva la grande sinagoga. Contrariamente al tempo, infatti, lo spazio non passa, né trascorre o se ne va: la sinagoga di Leone non esiste più, demolita dalle ruspe e dal passare dei lustri, o forse semplicemente sparita in un giorno imprecisato. Ai tempi di Ariodante ne esisteva già un'altra, assai meno monumentale, anzi quasi raccolta – eppure anche qui la dimensione dello spazio regnava placidamente, e il respiro del passato la teneva in vita con un sorriso, senza troppa nostalgia.

Il vecchio venditore di santini, tardivo ricamatore, scendeva al tempio almeno due volte al giorno, insieme a qualche compagno che non avesse le gambe troppo affaticate per dover pensare con tormento al momento di risalire gli scalini: gli ospiti della casa di riposo facevano numero per la funzione religiosa, borbottavano quel poco che la testa e il cuore rammentavano – ma, per loro, era davvero una fatica anche soltanto far volare lo scialle da preghiera fin sopra le spalle.

"Guarda, Elvira, guarda che fila di punti! Sono perfetti, precisi!" A volte, Ariodante pareva un bambino, con quei suoi entusiasmi. Erano seduti in camera, durante uno di quegli eterni pomeriggi estivi in cui il sonno resta appiccicato addosso, ma non c'è verso di dormire. L'uomo mise il pezzo di stoffa sotto il naso della moglie, cui erano cresciuti i capelli, dentro l'ozio e l'attesa di morire. Ora li teneva raccolti sulla nuca: una crocchia bianchissima, financo iridata.

"Non ci vedo! Non ci vedo! Come te lo debbo ancora dire: non ci vedo, così da vicino!" La passione del marito un po' la inteneriva, un po' la preoccupava. Eppure non

167

sembrava avere perso il senno, no, si diceva di tanto in tanto. Ma era sempre più lento, strascicava i piedi. Pareva impossibile che quelle gambe avessero pedalato, in un passato nemmeno così lontano. Quanto agli occhi, la vecchiaia aveva voluto scherzare con i coniugi: a Elvira aveva accorciato la vista, mentre lo sguardo di Ariodante era divenuto la lente di un rudimentale microscopio. Porgeva il naso all'oggetto e, da quella prospettiva, tutto acquistava una nitidezza straordinaria: le trame di un tessuto diventavano una rete di larghe maglie fra le quali infilare lo sguardo; i capelli sciolti di sua moglie, la mattina quando nel letto si svegliava prima di lei, una massa di lana dello stesso colore del cuscino, anche se ogni filo luccicava di un bianco diverso. Elvira, invece, vedeva ormai soltanto lunghe, irraggiungibili distanze: il cielo che scorgeva appena piegandosi dietro la finestra, i tetti delle case fuori le mura, tutti i sogni che non aveva fatto in tempo a nutrire. Così la loro intimità era diventata uno strabico incontro di sguardi incompatibili e, quando si parlavano, gli occhi erano costretti a tacere.

La distanza fra l'uno e l'altra la misuravano i due letti che, appena arrivati all'ospizio, avevano spinto vicini. Era scomodo, quel materasso diviso in due, ma pur sempre meglio che dormire separati, ai lati opposti della stanza. Nessuno di loro avrebbe potuto immaginare che non sarebbero morti lì, ma tanto più lontano e tanto più distanti l'uno dall'altra. La campagna mantovana aveva già dimenticato la bicicletta di Ariodante e i passi di Elvira: chissà da quanti anni ormai non ricordava più quei due nel freddo di una mattina che non voleva farsi giorno, quando loro non avrebbero mai lontanamente imma-

168

ginato di non morire nel proprio letto, o tutt'al più per strada, ma sotto una doccia senz'acqua, prima di finire dentro un forno e lungo una ciminiera che s'innalzava in un cielo grigiastro, quasi di pece, e poi di ridiscendere adagio fino a terra, un suolo di fango anch'esso grigio, non come la morchia della loro campagna, bensì una mota cinerea che ci mise anni a far crescere qualche filo d'erba e non la stoppa lugubre delle primavere di Auschwitz.

Perché questa sera è diversa dalle altre?

Perché questa sera si mangia reclinati, con i gomiti sul tavolo (per la gioia dei bambini beneducati), e tutte le altre sere soltanto seduti?

Perché questa sera mangiamo pane senza lievito?

Perché questa sera ci toccano le erbe amare?

Perché questa sera intingiamo nell'aceto?

Dovrebbero farle i bambini, queste domande: puntare il dito e lo sguardo verso il più anziano della tavolata, ed esigere una risposta, una storia. Anzi, tante risposte e quante più storie questi ha da raccontare. La sera di Pasqua, all'ospizio di Mantova, era un po' così: una festa di vecchi bambini, con i tavoli disposti a ferro di cavallo, tristezza e trepidazione egualmente distribuite.

L'ultima Pasqua prima delle leggi razziali cascò dentro una primavera particolarmente aromatica, persino nelle stanze dell'ospizio, che di solito sapevano soltanto di vecchie viti. Il menù era sempre lo stesso, preparato dalle donne ancora in gamba e da qualche pia signora che veniva a dare una mano in cucina.

Pesce bollito in quantità – possibilmente d'acqua dolce. Con una bella concia accanto: olio, limone, prezzemolo, aglio tagliato sottile – altrimenti è indigesto.

Quattro tuorli d'uovo, quattro albumi a neve ferma, cinquanta azzime fini divise in quattro, uguale duecento frittelle. O frutta di stagione.

Datteri (una rarità!), mele, mandorle triturate e azzima pestata. Zucchero. Pere e fichi, niente: non si mettevano più. D'accordo che questo impasto deve ricordare la malta con cui i poveri schiavi ebrei costruivano le piramidi per il Faraone, d'accordo che deve essere un simbolo di sofferenza e fatica, ma le pere e i fichi – questi ultimi soprattutto – hanno tutti quei semini che restano fra i denti, s'inchiodano sotto le gengive, s'appiccicano al palato dei vecchi, e veder armeggiare gli ospiti del ricovero con la lingua e gli stecchini faceva tenerezza.

Dunque, niente fichi secchi, che sono duri, stopposi e pieni di semi. E nemmeno pere, perché lasciano in bocca quei granulini fastidiosi. L'aglio della concia andava tagliato fine – essere solo un sentore di aglio, un ricordo appena – perché altrimenti chi digeriva più? E per contorno patate lesse, che non disturbano – e il pesce doveva risultare leggero, senza troppe spine. Sempre per quella faccenda dei denti, naturalmente. Così, se non fosse per quelle decine e decine di frittelle di azzima che si fanno solo se ci sono l'ispirazione, il tempo e la voglia, giacché devastano la cucina come un'orda di barbari, preparare una cena pasquale per trenta anime e più non diventa un'impresa impossibile, un lavoro estenuante. Però dovevano esserci le frittelle, che piacevano a tutti: un'infinità di chiare d'uovo da montare a neve, che non si sa mai dove mettere perché non ci stanno in nessuna scodella, per quanto grande, prima o poi tracimano sempre, e invece bisognerebbe montarle per bene, fino a quando sono quasi solide. Comunque, malgrado le minacce e i propositi di ogni anno – "Quest'anno le frittelle, no; quest'anno niente, perché è una fatica improba, un lavoraccio: chi me lo fa fare?!" –, malgrado tutto le frittelle arrivavano puntuali, cosparse di zucchero a velo.

Elvira guardava dentro la padella senza vedere quasi nulla: sentiva soltanto sfrigolare l'olio caldo intorno alle cialde di pane azzimo. Da dietro quel rumore, le spalle rivolte al resto della cucina e alle altre donne indaffarate, qualche quarto d'ora prima che la cena rituale cominciasse, affidava le sue confidenze al vapore caldo della pentola.

"Ho paura," ripeté, "eppure sono stanca e troppo vecchia per avere paura. Ariodante a volte mi spaventa, con quella sua svagatezza che, tutt'a un tratto, lo fa diventare sempre più bambino, quasi fosse il suo modo per ripagarmi dei figli che non mi ha dato e che ormai non aspettiamo più. Chi verrà a trovarmi sulla tomba? Un fiore soltanto, una volta all'anno, non chiederei di più." Era diventata malinconica, Elvira, ora che le sue mani riposavano molto più di prima, mentre quel breve daffare intorno a Pasqua – prima le pulizie di fino e poi le tante cose da preparare per la cena –, le risvegliava, e insieme a esse riscuoteva i rimpianti, le nostalgie. E anche le preoccupazioni, in quell'ultimo, ignaro anno prima che arrivassero le leggi razziali. Le quali, dentro le mura dell'ospizio per i poveri vecchi ebrei di Mantova, ebbero l'effetto di un tonfo sordo, attutito dai sensi torpidi che sono la condanna dell'età. Come una nuvola che incombe, tremendamente scura, ma in fondo così alta che la si guarda e si pensa che prima di scaricare la sua grandine, i tuoni, i fulmini e un'aria fredda come mai non s'è sentita... prima di tutto questo, farà in tempo a dissiparsi.

E invece no.

L'ultima frittella fu adagiata sul piatto in cima alla pila. Elvira prese lo zucchero fine e lo cosparse sullo strato più alto di azzime calde. Poi si levò il grembiale e, prima di prendere il piatto, andò a lavarsi le mani al secchio nell'angolo e si aggiustò i capelli con un gesto insolitamente giovane. Di là, nel piccolo refettorio, la tavolata era ormai scomposta dalla stanchezza e dal pasto – tanto modesto, eppure tanto più ricco del solito. O forse a saziare non erano state le pietanze, quanto le parole scambiate prima della festa, a proposito di quella tavola ancora da venire. Posò il grande piatto da portata in centro, chinandosi di fronte ad Ariodante, quasi appisolato: la vicinanza della moglie lo risvegliò di soprassalto – tutti pensarono che fosse il profumo delle frittelle. Poi le voci degli anziani seguirono il cantore per l'ultima preghiera, anzi speranza, e quando si giunse all'"anno prossimo a Gerusalemme" tantissimi pensarono che gli sarebbe bastato essere ancora lì, l'anno venturo, entro le stesse mura e sopra il medesimo letto, anche se inevitabilmente qualcuno sarebbe mancato, fra una primavera e l'altra, a forza di aspettare di morire.

Arrivavano alla spicciolata, notte dopo notte.

Prima una famiglia – padre, madre e due bambini così piccoli che quasi non si capiva se erano maschietti o femminucce.

172

Poi una donna sola, con la testa bassa e le mani nervose. Avrà avuto una quarantina d'anni. Elvira sentiva i passi nel suo sonno lieve, s'alzava dal letto nel silenzio e andava alla finestra. Vedeva soltanto gli angoli dell'isolato; i passi li udiva ancor prima che svoltassero, in virtù di una percezione più della memoria che dei sensi. Quindi, lungo la via, perdeva tutto nel buio e nella distanza ormai troppo ravvicinata.

Era il novembre del 1943, poco dopo l'inizio della caccia all'ebreo sotto l'occupazione tedesca. O morti o nascosti. Da Mantova erano partiti, dispersi come la polvere che uno straccio sbattuto dalla finestra respinge: verso i fienili di campagna, verso le cantine dismesse, oltre un confine spietato. Un silenzio mai sentito prima stagnava sulla città, fra gli stucchi della sinagoga e in cima alle scale, dentro l'ospizio dei vecchietti, al fragile riparo della loro inermità: chi mai sarebbe andato a cercarli, quei vecchi?

Carta nera alle finestre, trattenuta dalle puntine piantate negli infissi di legno. Elvira la scostava appena, per spiare la notte.

Scappavano in punta di piedi, con un affanno che tagliava il respiro e tutti i sentimenti: paura, nostalgia, incertezza, rabbia. Alcuni tornarono in città, respinti persino dall'esilio; altri nemmeno partirono, perché non avevano nessun altro "dove". Poi, a poco a poco, i profughi iniziarono a salire all'ospizio dei vecchi. C'era qualche stanza libera; nelle altre, si fece posto. In fondo, quel luogo sembrava più sicuro di tanti altri nascondigli. Era iniziata la caccia agli ebrei, ma che razza di preda sarebbero stati i vecchi dell'ospizio? Una preda ridicola. Nessuno sarebbe

173

venuto a cercarli. Nessuno avrebbe mai pensato a una retata nel ricovero. Impossibile.

"Elvira!" esclamò quella donna. Era scavata in viso, i capelli striati di un grigio spento. Elvira non avrebbe mai saputo riconoscere Adele, e non soltanto perché le comparve davanti troppo vicino, con un sorriso soffocato dentro.

Arrivò fra le prime, insieme a Bianca. Gli uomini di casa si erano dati a una macchia più lontana. La ragazza aveva negli occhi lo sguardo perduto di sua madre. Quello, Elvira lo riconobbe. Per le due donne, ritrovare la loro levatrice fu una specie di regalo, un buon segno.

A quell'epoca, Ariodante ormai non camminava quasi più. Passava il tempo seduto sul letto o sulla scomoda sedia della camera. Per lui, la morte era divenuta una confidente quotidiana: quasi tutti gli amici se n'erano andati in sua compagnia, negli anni trascorsi lì. Nella nebbia tiepida della sua mente, si sentiva un superstite estratto dalla fatalità. Guardava la moglie in cerca degli stessi sentimenti, ma trovava in lei solo un'ansia immobile, che gli risultava incomprensibile.

"Era il '27, Elvira, ricordate? Ricordate che fatica mettere al mondo Bianca? Tutta la notte!" Alla levatrice pareva impossibile che quel viso spento e quel corpo stanco avessero mai vissuto un travaglio di parto. Quante migliaia di notti di doglie erano incise nella sua memoria? Elvira sorrise con indulgenza, diede una carezza a quella ragazzona che aveva fatto nascere sedici anni prima. Le due donne furono sistemate insieme alle altre, sui pagliericci del refettorio. Quella clandestinità stipata e piena di paura animò l'ospizio, comunque. Tutti aspettavano la fine. Della guerra, delle persecuzioni, dell'occupazione. Di una vita troppo lunga. Ariodante pensava anche a questo, in fondo: perché il Signore, dall'alto del cielo, aveva deciso di regalare proprio a lui così tanti anni? Che cosa aveva fatto per meritarseli, o forse per averli in castigo?

"Finirai per cavarti gli occhi, con quell'ago e quel filo. E senza luce, per di più!" sbottò sottovoce Elvira, una mattina. Lui sorrise: ma al pezzetto di stoffa che reggeva con due dita di una mano, mentre l'altra muoveva l'ago.

Una morte buona gli tenne compagnia, lungo quelle ore. L'idea era nata qualche giorno prima, per una di quelle fulminazioni di memoria di cui solo le persone molto anziane sono capaci. D'un tratto, dentro il riposo incerto di chi non si abbandona più al sonno per paura di non svegliarsi (anche se è quello che si augura ogni sera, chiudendo gli occhi), gli era balzata in mente la scatola con la terra della Terra Promessa. Fuori, c'erano le prime retate, i treni che partivano pieni di gente e tornavano – sì, tornavano sempre – vuoti. Ariodante, che di tutto questo non poteva sapere nulla, un po' per l'età, un po' per la carta nera alle finestre, un po' perché sopra la sinagoga nessuno sarebbe mai andato a cercare i vecchietti dell'ospizio, pensò che sarebbe stato un bel corredo di morte. Che era un peccato lasciare lì nell'armadio quel pugno di terra. Che invece poteva indicare a lui e a Elvira, una volta nella tomba, la via per Gerusalemme. Finalmente.

Nei rifugiati, quel vecchio che ricamava appollaiato sulla sedia, con lo sguardo appiccicato al filo, suscitava tenerezza e sgomento allo stesso tempo. Passando, gettavano uno sguardo clandestino dalla soglia, oppure arrivavano fin lì apposta, per salutare l'Ariodante. Il quale di rado alzava il capo, difficilmente li sentiva. Elvira scuoteva la te-

175

sta e guardava le finestre scure: di giorno in giorno, sembrava più chiusa in se stessa, ma nessuno sapeva che dietro l'apparente ottusità era la sua presbiopia di distanze immense a rivelarle il mondo di fuori più che a chiunque altro degli ospiti della casa di riposo, giovani e vecchi, veterani o appena arrivati, in fuga dai nazisti. Lei le vedeva, le retate, sì: vedeva i vagoni merci chiusi con le spranghe di ferro, scorgeva un fumo remoto e una realtà che nessuno avrebbe mai osato immaginare. Una mattina, vide persino i panni stesi a Fossoli, quelli dell'ultimo bucato avanti di partire, e pensò che non aveva senso mettersi a lavare prima di finire dentro una ciminiera – comunque non avrebbe saputo dirlo a nessuno. Era molto anziana, ben più di ottant'anni. Era soltanto una vecchia levatrice che non aveva avuto bambini, anche se adesso non pensava quasi più a questa pecca.

"Se dovessero tornare, sappiate che vi ammazzo tutti, con queste mie mani," ripete sempre Bianca ai figli e ai nipoti, senza badare all'effetto che questa frase desta in chi la sente per la prima volta e in chi l'ha già udita in mille occasioni. Il tatuaggio sbiadito, sull'avambraccio, dice poco: non parla dei mesi trascorsi dietro la carta nera delle finestre, insieme ai vecchietti, e nemmeno di ciò che avvenne dopo. Bianca non racconta. Minaccia. Con un tono secco, senza sfumature. Quindi lascia una carezza sulla testa più vicina, ma i suoi occhi non sono lì. Bianca ogni tanto se ne va, senza dire nulla a nessuno. Poi torna – ma prima se ne va.

Ariodante aspettò che Elvira fosse fuori dalla stanza. Andò all'armadio, salì faticosamente in piedi sulla sedia e allungò le braccia, affondandole nel ripiano. Ne ritornarono con le mani strette a pugno.

"Guarda, Elvira," disse sorridendo, rivolto al muro di fronte. Aveva sentito i suoi passi, eppure non la vedeva ancora. Teneva aperte le mani più che poteva, ed era uno sforzo. Sopra ognuna di esse c'erano due minuscoli fagotti di stoffa incolore, cuciti. "Guarda, Elvira, ci ho messo la terra della scatoletta, ricordi? Ce la porteremo via con noi, laggiù!" Ariodante provò a tendere le braccia verso la moglie, che ora scorgeva confusamente, come una macchia sbiadita sopra uno sfondo opaco; si protese verso di lei, con le spalle e i piedi.

Aveva preparato quattro sacchettini di terra, uno per ciascuno dei loro quattro occhi. Aveva tagliato e orlato quattro fazzoletti con la stoffa che per tanti anni era rimasta intorno alla scatola, dopo che Elvira l'aveva trovata in casa e distrattamente deposta nella valigia, prima di venire all'ospizio. Poi aveva distribuito una presa di terra per ogni fazzoletto, richiudendolo con un'infinità di punti perfetti, tutti eguali. Elvira non s'era accorta: le era sembrato il solito intontito daffare di suo marito con l'ago, qualcosa che era meglio ignorare per non indispettirsi. In fondo, così se ne stava buono: non brontolava, non chiedeva.

Due monete di stoffa e terra da mettere sugli occhi, una volta morti. Per riposare in pace, dormire in attesa della resurrezione. E, una volta risvegliati, trovare la strada verso Gerusalemme. Che sogno!

"Guarda, Elvira, due per te e due per me, quando moriremo. Così, sugli occhi." Rovesciò la testa all'indietro e tirò a sé le braccia. Poi, con un moto che parve durare mille eternità, si portò le mani sugli occhi e li coprì, nascondendo nel palmo i sacchettini di terra.

Era un pensiero triste, ma bello.

Elvira perse l'udito. Nei pochi mesi che seguirono, tutti i suoni andarono allontanandosi da lei, finché un silenzio carico di memoria non l'avvolse completamente.

Non sentì arrivare i tedeschi. Non erano nemmeno tedeschi: erano dei loro sgherri. I tedeschi si presentarono solo più tardi, quando tutti erano già in strada. Sarebbe stata Pasqua, qualche giorno dopo. Bianca aveva portato giù Ariodante in braccio, con le sue mani robuste e le gambe solide. In braccio come un bambino, con i piedi che penzolavano, gli occhi che roteavano lentamente di stupore. Perse una pantofola sulle scale: nessuno la raccolse. Una pantofola di panno nero, scivolata adagio fin nell'angolo fra il muro e uno scalino.

Elvira non sentì i tedeschi arrivare, al contrario di quando aveva udito giungere i profughi braccati. Niente. Solo un silenzio dentro il quale rimbombavano brutti presentimenti. Ma Elvira non disse niente a nessuno: del resto, da dietro lo schermo della vecchiaia e della paura, tutti ormai tacevano. Non aspettavano più che arrivasse nessuna fine. Della guerra. Delle retate.

Non sentì le spie bisbigliare dentro un ufficio, né quelle mani che si sfregavano prima di prendere il fascio di banconote; non intese le promesse della sera, dentro case dove nessuno si nascondeva.

"Domani vanno a scovare gli ebrei!"

Non sentì il rumore di quei soldi sul tavolo di una cucina, dentro il cassetto di un comò nella stanza da letto. Furono in molti a spartirsi quella taglia. Alcuni di loro fecero da guida ai tedeschi, che non avevano granché voglia di sporcarsi le mani con i vecchi dell'ospizio, al ghetto. Un lavoro molto sporco, intriso di vigliaccheria. Ma anche i vecchietti fanno numero, un tot di pezzi con cui riempirci un vagone. "Pezzi" li chiamavano i tedeschi. Compitavano i pezzi, e come "pezzi" contavano tutti, anche quel rimasuglio paralitico calato giù su una barella arrugginita che nemmeno si capiva se era stato maschio o femmina, e pure quell'altro rimbambito tenuto in braccio come un pupazzo.

Quando scese, guardando da qualche scalino più in alto le gambe di suo marito e la schiena di Bianca, Elvira pensò alla bicicletta: chissà dov'era finita? Non riusciva proprio più a ricordare che cosa ne avessero fatto, prima del trasloco all'ospizio.

Non aveva sentito i colpi alla porta, tre ore prima di quella discesa. Le cinque del mattino, all'inizio della primavera del 1944. I colpi erano un avvertimento più che una richiesta. Se qualcuno avesse voluto aprire, non avrebbe fatto in tempo, perché l'uscio si schiantò sul pavimento qualche istante dopo. Nessuna voce umana. Il silenzio che sentiva Elvira non era troppo lontano dallo spazio acustico di quella mattina. Dopo lo schianto della porta, i passi.

"In piedi!" furono le prime parole.

Tutti in piedi contro il muro del corridoio. Per lo meno, quasi tutti. Li tennero così, inutilmente, per più di due ore. I tre sgherri vagarono per le stanze e la cucina, frugando senza costrutto sotto i letti, dentro gli armadi, fra i cuscini.

Quasi tre ore contro il muro del corridoio, spalle contro spalle, senza potersi guardare. E non era ancora la fine.

I tedeschi aspettavano altrove. Arrivarono con calma, quando le schiene erano contro il muro già da un pezzo.

Bloccarono la via con due camionette, una per parte. E si fumarono qualche sigaretta, scacciando l'attesa con quattro passi, uno scambio di parole banali – la solita noia. Era una bella mattina d'aprile, tiepida già a quell'ora. Un'aria che si prometteva tersa, solleticata dalle fioriture di campagna.

I tre sgherri vollero vedere documenti e conti. Ringhiarono domande, fecero volare qualche manrovescio, scrollarono spalle mute addossate al muro. Capovolsero tavoli e cassetti, spazzarono via poveri contenuti di armadi. Soltanto per lasciare che il tempo rosicchiasse altro terrore, asciugasse quel poco di vita che restava lì dentro. E non era ancora la fine.

Poi indicarono la porta che non c'era più e la scala.

"Tutti giù!"

S'incamminarono, senza poter prendere nulla. Alcuni in pigiama, altri vestiti: perché dormivano così, con gli abiti addosso. E non era ancora la fine.

Come Elvira non aveva sentito i passi salire, così i tedeschi, distratti da quell'assurda attesa, non udirono la fila che scendeva lungo le scale senza scambiarsi parole né sguardi: uno dietro l'altro, chi a piedi e chi in braccio, con gli occhi persi nel vuoto. E non era ancora la fine.

Quando la prima figura comparve sulla soglia che dava verso la strada, i tedeschi furono colti alla sprovvista. Si voltarono di scatto e scoprirono il viso incartapecorito di una vecchia donna che non li vedeva perché erano troppo vicini. Elvira voltò la testa da un estremo limite all'altro della strada, ma anche quello era un orizzonte troppo limitato per il suo campo visivo: vide solo un fumo impossibile, che scomponeva i contorni di tutto. Incespicò sul-

180

l'ultimo gradino esterno – o forse fu qualcuno dietro di lei a spingerla inavvertitamente. Non scorse la punta della scarpa che le scalzò la faccia come se fosse stata carta straccia: sentì una fitta di calore sulla guancia. Poi qualcuno la sollevò furtivamente da terra e la depose contro il muro, ancora una volta, insieme agli altri. E non era ancora la fine, anche se lei ormai non sentiva più niente: né la stanchezza dei suoi ottant'anni passati, né il terrore, e nemmeno più la rassegnazione.

E non era ancora la fine, perché si dovette aspettare il camion, e poi caricare tutti sopra. Come scivolo fu calata un'instabile asse di legno, che pareva un perfido gioco d'equilibrio per quelle gambe. Elvira non sentì i ringhi e le urla, e neppure i singhiozzi. Non cercò nemmeno più le gambe di Ariodante fra le altre. Ora la mente seguiva la vista, e lei stava in sella alla bicicletta, giù per una discesa che non finiva più.

Il vagone li aspettava già sul binario, in attesa del convoglio partito da Fossoli. Tutti i vecchi dell'ospizio di Mantova se ne andarono in quel modo, lasciando vuote le tombe del cimitero dove la terra ancora li aspetta. La cenere è volatile, ma sino a un certo punto soltanto, perciò non è andata molto al di là dei confini segnati dal filo spinato laggiù ad Auschwitz: avrà raggiunto appena il boschetto poco fuori dal campo, e sicuramente intasato le narici dei contadini polacchi che vivevano nei paraggi – ma oltre, niente, se non il silenzio e una sequenza di giornate in cui nessuno tornava, finché un giorno la morte presunta dei vecchi di Mantova è divenuta una certezza e, non potendo fare tombe, s'è approntata una lapide con i nomi di tutti.

Il vagone tornò vuoto, appena dieci giorni dopo.

"Se dovessero tornare, sappiate che vi ammazzo tutti, con queste mie mani," ripete ancora Bianca ai suoi nipotini, cinquant'anni dopo che è tornata – lei sola fra tutti – da Auschwitz.

Quel giorno, gli occhi di Elvira e quelli di Ariodante erano già divenuti fumo e, anche volendo, nessuno avrebbe più potuto chiuderli per sempre con una presa di terra d'Israele cucita dentro quattro fazzoletti ricavati da un vecchio velo che nessuno voleva più usare – e che era finito dimenticato prima in un armadio e poi dentro un altro.

Acqua

L'armadio cigolò con una sorta di lamento.

"È pesantissimo! Ma era proprio necessario spostarlo e tinteggiare anche lì dietro?"

"Certo! Le cose vanno fatte bene. Scostiamolo quel tanto che basta per arrivare con il pennello; poi lo rimettiamo dov'era…"

"Potevamo almeno farlo prima che arrivasse questo catafalco. Dove l'hai scovato?"

"A un'asta. E poi non è così brutto."

Era quasi pentita di aver accettato il suo aiuto per rendere abitabile quel piccolo appartamento. Una restauratrice non avrebbe dovuto aver bisogno di un ex fidanzato, con ambizioni segrete – ma nemmeno troppo – di ricucire la storia, per qualche lavoretto in casa; la vicinanza di lui, per quanto effettivamente indispensabile, la innervosiva. Era venuto apposta da Mantova, al suo primo timido richiamo.

"Ciao, sono io!"

"Lo so. Lo riconosce ancora il tuo numero, il telefonino. Non ti detesto abbastanza per cancellarti dalla rubrica, purtroppo."

"Come va?"

"Bene."

"E, dai, non fare così: raccontami qualche cosa di più. Dove sei?"

"A Venezia."

"A Venezia? E che ci fai a Venezia?"

Sino a quel momento, lei non aveva ancora pronunciato un solo punto interrogativo. E lungo tutta quella conversazione un po' stentata, persino imbarazzante per tutti e due, non ne disse nemmeno uno. Fu Tommaso a cavarle il permesso di comparire l'indomani all'indirizzo che lei gli fornì come sovrappensiero, per darle una mano. L'idea venne fuori fra una raffica e l'altra dei punti interrogativi del ragazzo, un goffo stratagemma per riconquistare almeno un briciolo della confidenza di prima, di quando stavano insieme.

Era sceso dal treno con una trepidazione dietro la quale stava in agguato l'ansia. Percorso lo scalone della stazione, invece di mettersi in coda per il biglietto del vaporino, aveva deciso di proseguire a piedi, girando d'istinto a sinistra. Arrivò dopo un quarto d'ora di cammino e un'infinità di domande ai passanti. Non era facile orientarsi fra calli, ponti e campi. In quel tempo che lo separava dall'incontro, qualcosa gli fece capire che non c'era più nulla da aspettare. Che non sarebbe più tornata da lui. Non era triste, forse soltanto un po' deluso di se stesso, che s'era messo nella condizione di rivedere Venezia in quel modo, dopo tanti anni dall'ultima volta in cui c'era stato.

Dovette suonare due volte il campanello in alto a destra. Due file di bottoni e targhette malmesse, per lo più senza nome. Poi una voce s'affacciò alla finestra, ma da quella distanza e dentro l'esuberante luce di quella mattina ancora in divenire, a prima vista non riconobbe nulla: né il timbro del suono, né la chioma nera. Sarà ch'era intontito dal viaggio in treno, iniziato da Mantova quand'era ancora praticamente notte.

"Metto su il caffè e scendo. Il citofono è rotto, non posso aprirti da qui!" urlò la voce, dopo aver scandito il suo nome.

Meno male che in casa il profumo del caffè aveva occultato quelli di lei: infinite volte, Tommaso li aveva fiutati invano nell'aria, come un miraggio nutrito dall'assenza. Così, a digiuno, sentirli tornare alle narici avrebbe significato precipitare in un vortice. La nostalgia di lei partiva come un tremore alle gambe e finiva con un groppo in gola e uno sfogo di pianto. Si sarebbe messa a ridere: non per scherno, ma per l'imbarazzo. Invece, doveva dimostrarle che era lì soltanto per spostare mobili, avvitare lampadine, dipingere angoli di soffitto. Sul pianerottolo c'erano alcuni scatoloni ancora chiusi. In casa, l'arredamento era disposto "arbitrariamente": insomma, era pressoché tutto da fare, constatò con un ambiguo sollievo.

"Quanto tempo dovrai fermarti a Venezia?"

"Almeno due anni. Ma spero di più."

Tommaso la guardò e, per un momento, per un solo momento, si rassegnò alla fine. Senza di lei, si sentiva incompleto: no, non era lei a mancargli, bensì lui che perdeva qualcosa di indispensabile. Poi diede un'occhiata al minuscolo appartamento: una stanza, un bagno cieco, un angolo di cucina e un'infinità di tetti intorno. Si sentiva l'acqua della laguna soltanto quando accarezzava invisibile le narici. Ma appena ebbe aperto la latta, l'odore della vernice coprì tutto.

Tommaso si chinò con il pennello in mano, guardandola di sottecchi. Da quando l'aveva lasciato, gli pareva di riconoscere nell'espressione del suo viso distanze sempre più lunghe fra loro, fors'anche perché lui era rimasto a studiare a casa, mentre lei era partita quasi subito, in giro per il mondo, a mettere in palio il proprio futuro. Tornava a Mantova con incostanza imprevedibile, senza mai avvisarlo prima, anche quando stavano ancora insieme. E anche quando stavano ancora insieme c'era sempre qualcosa che meritava d'essergli tenuto nascosto, ma non per pudore, sensi di colpa o altro. Senza alcun motivo, semplicemente, perché lei era fatta così e non poteva dargli di più. Si sarebbe comportata in quel modo anche adesso: chissà se sarebbe rimasta a Venezia per tre o vent'anni, oppure per qualche mese soltanto. Che importava: la loro storia era comunque finita, almeno per lei. Non era tenuta a far mistero né a dire nulla a Tommaso dei propri progetti, in fondo.

"Che razza di asta? Da quando vai alle aste?"

"Non pensare a Sotheby's… In verità, più che un'asta era lo sgombero di una soffitta… a offerta libera. Mi è costato più il trasporto che tutti i mobili messi insieme."

L'armadio solcò ancora qualche centimetro di stanza, prima di barcollare, forse per colpa di un falsopiano sul pavimento di legno. Lo fermarono in tempo, prima del crollo, ma nella lenta e grave oscillazione, l'anta destra si aprì e un ripiano sputò fuori qualcosa.

I quattro sacchettini non emisero alcun suono, cadendo. Solo una traiettoria polverosa. Sembravano dei minuscoli cuscini leggermente sgonfi.

"Cos'è?" domandò Tommaso, non appena l'armadio fu di nuovo stabile.

"E che ne so," rispose lei, riponendo distrattamente quei reperti nel tascone della camicia e sollevando il manico del barattolo con la vernice. "Ecco, ci siamo. Per favore, prendimi il pennello più corto, con questo non ci passo."

Let's welcome Moshiach. Il vaporino ronfa, ruggisce, sbanda, regala qualche scossone alla banchina, scarica e carica, e poi riparte da o per il Ponte delle Guglie, a qualche metro di distanza. Il cartello nella vetrina di un ristorante invece non si muove mai: è sempre lì, sfacciatamente visibile. Sotto è scritto, sempre in inglese: "Il tempo della tua redenzione è arrivato." Sotto il cubitale benvenuto al Messia penzola, legato a una corda sfibrata, un ciuccio di bambino dalla ghiera gialla. Quando un vaporino incontra la banchina, la tettarella tremola con santa indifferenza. Per i passeggeri sul canale, che non lo vedono, quell'ingresso è soltanto l'incomprensibile porta di una redenzione che s'annuncia lentamente lungo la scritta, lettera dopo lettera, ma ogni volta che la fune per l'attracco torna aggrovigliata a bordo, essa sfuma incredula nella distanza. A ogni fermata, il Messia arriva e poi riparte, lasciando le cose a metà.

Il Ponte delle Guglie disegna un confine d'acqua e d'aria, oltre il quale l'attesa del Messia si disperde nell'improbabile: passato l'arco – indifferentemente da sotto, fra l'acqua e la volta, o lungo gli scalini a scendere e salire –, invece qualcosa cambia nella luce del giorno, e convince che quel bislacco cartello non è messo lì a casaccio.

Lui, quella mattina, sentiva aria di deserto in laguna. Il deserto lo conosceva bene, perché c'era nato e l'aveva da sempre nelle narici. Quella mattina, l'odore del deserto stagnava nell'aria lucida di Venezia, fra le pieghe della sua atavica umidità, sopra la tovaglia bianca. Un minuscolo piatto di pasticcini era arrivato, non richiesto ma gradito, insieme al tè. Le noci sminuzzate scricchiolavano ancora sotto i denti, nell'impasto di cioccolato denso e amaro. Li aveva sgranocchiati uno dopo l'altro, prima ancora di versare il tè, e quasi non s'era accorto della mano giunta a prendere il piatto vuoto e tornata dopo averlo riempito di nuovo. Passando attraverso la tenda, la luce non diventava ombra ma qualcosa di più morbido, e chiazzava di chiaroscuri il libro aperto sul tavolo, accanto alla tazza. Qualche metro più in là, un'anziana coppia di turisti americani consumava una lauta colazione. Prima di sedersi a tavola – la donna accompagnata dal gesto affettuoso del marito, e lui soltanto dopo –, avevano degnato di un lungo sguardo la certificazione rabbinica appesa al vetro della finestra: chissà se per pura curiosità o per accertarsi davvero che tutto ottemperasse alle regole.

Li aveva visti arrivare a piedi, su e giù per il Ponte delle Guglie. Nell'istante dell'ultimo scalino di pietra, un riverbero di luce mattutina era caduto sulla pagina, affondando lungo il filo della rilegatura. In quell'attimo, lui aveva cominciato a sentire nel naso l'aria del deserto: trasudava dalla pagina della Bibbia o dall'acqua immobile della laguna. Né l'una né l'altra sentiva o vedeva per il resto della settimana, dentro la bottega dove stava imparando il mestiere di vetraio, un minuscolo campo di battaglia per un eterno scontro di stati ed elementi: il fuoco contro l'aria e il caldo imprigionato nel freddo e i colori attinti dal buio. Quella confusione di sensazioni era come un viag-

188

gio, per lui. Non c'era niente di sé che ritrovasse, foggiando il vetro con l'alito e con gli occhi.

Fuori dal laboratorio, invece, l'aria del deserto gli tornava addosso. Era nato nello Yemen, in un lembo di terra volatile sospeso fra mare e sabbia. Ricordava ancora il giorno in cui aveva visto per la prima volta in vita sua un albero più alto di lui, sotto il quale poteva stare, senza rannicchiarsi come Giona al riparo del ricino che Dio gli aveva regalato un giorno e, per beffa, portato via l'indomani. Non sapeva nemmeno più dove fosse, quell'albero così alto sotto cui poteva stare in piedi, senza che la testa gli s'impigliasse fra i rami spogli. Era in Africa, varcato lo stretto fra un lembo e l'altro dei continenti, o a New York? L'esilio della sua famiglia era una tavolozza di colori sgargianti, tutti diversi fra loro. Erano fuggiti dallo Yemen su un tappeto volante poco aerodinamico: continue e infinite tappe, a cucire rammendi. A trent'anni, gli pareva di aver già conosciuto e dimenticato mezzo mondo: Sana, Gibuti, Asmara, Ramat Gan, Brooklyn. E a fare un sunto di tutti i ricordi, trovava soltanto un fiume talmente largo che, da una riva all'altra, lo sguardo si perdeva dentro l'orizzonte. Forse se l'era soltanto immaginato, forse era un sogno sbucato dal canale, in quel punto presso il Ponte delle Guglie dove s'apre la porta del ghetto di Venezia. Stretta e bassa, che quasi ti viene l'impulso di chinare la testa e le spalle, quando stai per oltrepassarla.

Si grattò il mento, all'attaccatura della barba. Lo faceva con un certo compiacimento, quasi a invitare gli sguardi. Intanto, dal vaporino di passaggio qualcuno additò – alto sulla sua testa – il cartello di benvenuto al Messia che il ristoratore speranzoso aveva appeso nella vetrina del suo locale quattro anni prima, nel giorno in cui aveva inaugurato il primo ristorante ebraico di Venezia, dopo tanto tempo. Al confine con il ghetto, né dentro né fuori, perché chissà mai da quale bislacca direzione arriverà il Messia. Non lo si può aspettare con certezza né di qua né di là, eppure con certezza bisogna attenderlo. Domani o anche oggi, chissà. Lo sguardo vigile, l'animo teso e le mani in cucina. Nessuno nei paraggi l'aveva preso per matto: anzi, a poco a poco, quel benvenuto al Redentore era diventato un fregio di quelle fondamenta, nel viavai dei vaporetti sotto il Ponte delle Guglie.

A Brooklyn, lui non aveva mai visto un sole così. Né dentro la stanza al piano terra che faceva da aula, né nella bottega di libri dove per sette anni aveva lavorato. Affacciata su una strada anonima, di fronte a un forno di pasticceria che mandava profumi eccessivi sin dalle prime ore del mattino. Cioccolato denso, che ti impastava la bocca al solo fiutarlo dalla parte opposta della via, con le porte e le finestre chiuse. Frollini che emanavano un vapore caldo nel freddo umido dell'inverno – ed era un effluvio spesso che quasi potevi toccarlo. Dietro il banco della pasticceria c'era una corpulenta e sorridente rumena che non smetteva mai di parlare, sia che avesse davanti un cliente o anche soltanto una teglia di biscotti appena sfornati. Di tanto in tanto, da dietro una pila di libri scompaginati, lui vedeva la sua chioma rossa che s'agitava, oltre la strada e la vetrina. Superate la paura e la timidezza, qualche rara volta era entrato a comprare un sacchetto di dolci, tenendo il capo chino sotto il cappello nero, con i due boccoli lungo le tempie che penzolavano come code morte. Bisbigliava qualcosa e indicava col dito, mettendo i soldi sul banco quasi furtivamente, in modo da evitare anche un casuale contatto di mano. La signora Fromkin rideva fra sé e sé di quel chasid quasi imberbe così compito e sussiegoso, i cui tumulti si leggevano dentro gli occhi bassi benché, fissi contro il pavimento, essi si negassero al suo sguardo. Capitava che, un po' per istinto materno e un po' per beffa, dal negozio gli mandasse un bel sorriso largo, quando lo scorgeva sulla scala a raggiungere un tomo in alto, o proteso verso la vetrina, in cerca fra i cumuli arbitrari di libri il cui misterioso ordine era noto soltanto al giovane apprendista e al libraio secco e scuro come un bastoncino di cannella.

Gli anni di scuola erano un frastuono indistinto, rimasto dentro le orecchie. Quaranta bambini e poi ragazzi, vestiti in modo identico: nero e bianco. Un avvicendarsi di insegnanti nelle ore di lezione (Bibbia e Talmud, scienze e inglese), e i lunghi intervalli passati a rincorrersi giù in strada. Di rado transitava una macchina, più spesso loro scansavano mamme con carrozzine e bimbetti per mano o aggrappati al passeggino dei piccoli. Forse era stato solo in quel periodo che aveva visto per la prima volta il mondo da sotto un albero: terra e cielo e rami spogli, disegnati da una matita inconsulta. La fioritura a Brooklyn durava pochissimo e, fra una lezione e l'altra, la si ritrovava per terra, spazzata dalla pigra brezza dell'oceano. Ma della distesa d'acque, loro non s'accorgevano nemmeno: Brooklyn aveva un odore di ragazzini sudati costretti al banco, di minestre condite con troppo aglio e cipolla, di pane morbido, di libri troppo vecchi per i loro occhi, di frange dello scialle che sventolavano sotto la giacca, giocando a rimpiattino.

Non aveva mai voluto contare gli anni trascorsi a scuola. Troppi. Quelli dal libraio, invece, li sapeva a menadito. Lì aveva imparato ad approfittare dell'ozio. C'erano pomeriggi interi in cui nessuno entrava nel negozio e, a parte qualche ordine dall'estero da incartare e spedire, non restava nulla da fare. Lunghe ore a contemplare la polvere immobile sopra i commenti rabbinici e i trattati estatici, sopra i manualetti edificanti e i codici monumentali. Il libraio respirava sonoramente, ma parlava pochissimo. Era arrivato da un imprecisato punto dell'Europa dell'Est, poco dopo la fine della guerra. Solo. Aveva perduto tutto e tutti con l'arrivo dei tedeschi: nessuno sapeva come avesse fatto a salvarsi. Pareva che non avesse nulla da raccontare. E malgrado le reiterate proposte del sensale, non aveva mai voluto riprendere moglie. Gli bastava continuare a vivere al riparo di quel quartiere periferico della Brooklyn ebraica, un anonimo reticolo di strade tutte eguali e di negozi quasi orgogliosi del loro squallore. L'unica nota di esuberanza era la pasticceria di fronte. Il libraio abitava in uno stanzone dietro la bottega e viveva alla giornata. Senza aspettarsi nulla: né dal futuro né dall'umanità. Al suo apprendista non impartì alcuna lezione: il primo giorno di lavoro gli indicò gli scaffali a uno a uno; poi puntò l'indice della mano destra verso i cumuli sui banchi e contro la vetrina, per una sommaria topografia del luogo. L'aveva assunto perché conosceva bene l'ebraico, utile per scrivere gli indirizzi e gestire la corrispondenza con le università, gli istituti e i clienti d'Israele.

Al di fuori di quei momenti, lui si chiedeva spesso come mai l'avesse assunto. Di clienti da servire non ce n'era mai più d'uno alla volta, e accadeva che fra uno e l'altro passassero ore. Senza contare che per lo più si servivano da soli, dopo lunghe soste davanti agli scaffali, con lo sguardo che si piegava verso i dorsi dei libri, le mani che li estraevano dalla fila. A volte, passavano ore a sfogliare, senza che nessuno li disturbasse. Il libraio restava al suo posto, curvo sotto la fioca luce della scrivania, sempre uguale tanto nelle mattine abbacinanti di tarda primavera quanto nel cuore dell'inverno, in quelle giornate di tramonto scuro. Non certo per la compagnia, l'aveva voluto con sé: il libraio era taciturno e, per di più, parlava un inglese volutamente stentato. Quel poco che si dicevano era in un yiddish strabico, venato di russo da una parte, di arabo e italiano dall'altra: lui era un chasid d'acquisto, trapiantato a Brooklyn dallo Yemen, non da Minsk!

Adesso, ogni tanto, mentre era sovrappensiero, gli capitava ancora di cercare i cernecchi con le dita, accanto alle orecchie, e di giocherellarci persino, malgrado non ci fossero più da qualche anno. Sensibili come un arto amputato, ma non dolorosi: era soltanto un solletico che partiva dal centro della fronte e s'irradiava verso le sopracciglia folte. Ma l'indice finiva sempre all'attaccatura dei riccioli poco sopra l'orecchio.

Sette anni così, avvolti nella monotonia e in strani desideri che ancora non avrebbe saputo disegnare. La signora Fromkin li riconosceva, quei desideri, malgrado la vetrina della pasticceria e le pile di libri dall'altra parte della strada: aveva capito che, a quel ragazzino bruno, i cernecchi prudevano addosso – e aveva compreso forse in anticipo che, una volta tagliati, avrebbero continuato a fargli solletico. Naturalmente non disse nulla: si limitò a elargire i propri sorrisi un poco impudenti – non per provocare, ma per svegliare soltanto. Finché, un giorno, il rabbino ch'era stato il suo insegnante lo chiamò e gli disse che c'era l'opportunità di andare in Europa in missione, a mettere le radici di una nuova famiglia. In Italia, a Venezia. Avevano pensato a lui perché parlava l'italiano. Dunque, buon viaggio e arrivederci. Non era una proposta, era un comando. Gentile, tenue, convincente, ma pur sempre un ordine. Era una missione, del resto.

"Parto dopodomani per l'Europa," comunicò al libraio, il pomeriggio stesso. Aveva già il biglietto aereo in tasca: glielo aveva porto il rabbi alla fine del breve colloquio. Più che un colloquio, una comunicazione paterna. E ora il vecchio, al solo sentire quella destinazione, tradì uno spasmo di paura. Ma solo il labbro inferiore si piegò verso il basso, per una frazione di secondo.

"Con l'aiuto di Dio, andrà tutto bene. Quanto a me, dovrò cercarmi un altro lavorante." E poi la giornata proseguì come tutte le altre, sino all'abbraccio della sera, davanti alla saracinesca abbassata. L'aveva chiusa lui per l'ultima volta, risparmiando al libraio lo sforzo improbo di chinarsi e serrare il lucchetto intorno all'anello, all'altezza del marciapiede. Il vecchio ebreo, ancora braccato da incubi che non aveva mai raccontato a nessuno, strinse le spalle del suo dipendente con uno slancio tremante. Singhiozzava e, per un lungo momento, gli rimase avvinghiato con le mani che un po' accarezzavano, un po' graffiavano il cappotto nero. Alla fine, lui l'aveva baciato in fronte come se fosse stato un bambino; poi la sera, preparando la valigia, non aveva fatto altro che pensare alla stranezza di quell'effusione imbarazzante. Era già notte quando gli venne in mente che, mentre si era già congedato dal libraio, i suoi genitori ancora non sapevano nulla. In qualsiasi caso, la distanza fra lui e loro non cambiava misura, ma solo direzione.

Ora che non galleggiavano più sopra il pulviscolo della libreria, i riccioli alle tempie divennero insopportabilmente pesanti. Li tagliò appena arrivato a Venezia, ospite temporaneo e fuori luogo della piccola casa di riposo affacciata sul campo del ghetto. Usò un minuscolo paio di forbici da unghie – altre non ne aveva –, e fu un lavoro lungo, poiché recise quasi un capello per volta. In seguito, se qualcuno gliel'avesse chiesto, non avrebbe più saputo raccontare com'era diventato apprendista vetraio anziché rabbino, folgorato da quella variopinta e inimmaginabile metamorfosi della polvere. A Venezia, le cose avevano una nitidezza diversa rispetto a Brooklyn, dentro il negozio del libraio dove la polvere si posava di rado, ma piuttosto galleggiava immobile nell'aria, rendendo tutto lievemente opaco. Quando era stanco dei colori che soffiava nel vetro, riprendeva a studiare. Alla fine della giornata, gli occhi erano indolenziti dai contrasti e una patina di bruciore copriva le palpebre, perciò tornava a casa quasi a tentoni. Aveva affittato una stanza al terzo piano di un vecchio stabile e, lungo le scale, il legno scricchiolava con armonie particolarissime, ogni volta diverse. Il vaporino da Murano talvolta era affollato talaltra quasi vuoto, ma né l'ora né la stagione c'entravano: salendo a bordo, il rumore dell'acqua risvegliava sempre in lui qualcosa che non sapeva definire. Tornando a terra, i suoi sensi barcollavano ancora un istante.

Ogni tanto, questa vita gli pareva una follia: aver abbandonato tutto o quasi per imparare – alla sua età! – a sof-

195

fiare il vetro. Via i cernecchi, via i contatti con il rabbi a Brooklyn, via la sincerità nelle rare telefonate con i genitori, cui raccontava soltanto brandelli della propria esistenza. Eppure...

Eppure siamo tutti infinitamente distanti dalla perfezione, perciò tanto vale seguire l'impulso e non sovraccaricare la memoria. La sua spesso taceva – ed era meglio così. In fondo, non gli interessava nemmeno sapere se avrebbe soffiato il vetro per il resto della vita: probabilmente no. Però, piuttosto che aspettare il futuro, preferiva vivere alla giornata, depositando sul tempo, invece di futili speranze, il proprio sudore di fatica, di fiato, di mani e di fuoco.

Quella domenica mattina, la sua figura seduta al tavolo, perfettamente al centro sotto il trepidante benvenuto al Messia che un'insolita brezza sbadigliata dal canale muoveva appena, sembrava costruita apposta per restare lì, a indicare la strada alla redenzione.

"Il divano-letto lo sposterei su quella parete. Così quando mi sveglio, trovo la finestra."

"Dormi ancora con la luce accesa?"

"E perché non dovrei, scusa?"

"Niente, così. Aspetta, vado io dall'altra parte. Sei sicura? Non è che la vista sia spettacolosa, da qui. E poi avrai il termosifone addosso. Scusa se m'intrometto."

"Intromettiti pure, tanto faccio di testa mia. A che ora hai il treno per Mantova?" Appena terminata la frase, si rese conto d'essere stata un poco importuna. "Non per mandarti via, naturalmente. Ci sarebbero ancora tante cose da fare."

"Grazie, troppo gentile. Gli orari, non li ho guardati. Quando non mi vuoi più, levo il disturbo." Il tono di Tommaso oscillava fra l'ironia e l'autocommiserazione. Ormai sapeva di non potersi aspettare più nulla: né da quella giornata né dal futuro. In qualsiasi caso, era perfettamente inutile stare a domandarsi perché lei non lo amava più. Non lo amava, e basta. La confidenza di quei momenti, poi, non faceva che accentuare il distacco, l'ignoranza sincera del corpo di lei. La ragazza l'aveva toccato più volte: sulla spalla, sulla mano, sul fianco – e non distrattamente. Sapendo di farlo. Senza un'ombra di esitazione, timore, rimpianto. Così, come se anche lui fosse stato un mobile.

"Stai con qualcuna?" gli aveva chiesto persino, dopo averlo guardato fisso a lungo mentre spennellava di bianco il termosifone basso e tozzo.

"Sono incredibili, queste pitture. Asciugano ancora prima di staccare il pennello! No."

L'"E tu?" rimase impigliato nelle setole appiccicose, insieme a migliaia di "Meno male che non l'ho detto...". L'orgoglio per la propria ostentazione di riserbo mise Tommaso di buonumore.

"Prima di spostare il divano-letto in mezzo, conviene mettere la lampada sul soffitto."

"Hai ragione, che scema! Evidentemente ho sempre sottovalutato il tuo quoziente intellettivo." Continuava a lanciargli queste piccole provocazioni, forse perché si sentiva in colpa per averlo precettato, approfittando di sentimenti che non ricordava quasi più, ma che lui aveva ancora stampati sulla faccia. Nonostante tutto. Forse invece era un modo per cercare di consolarlo, ristabilendo la vecchia

197

confidenza troncata dal suo abbandono. Ma Tommaso non si poneva queste domande. Sentiva solo che, se fosse stato per lui, non sarebbe più andato via da lì. Ora prese la scala di alluminio – assai più leggera di quanto l'aspetto non lasciasse immaginare – e la sistemò sotto l'attacco della luce, in mezzo al soffitto.

"Passami la lampada."

Lei tese le mani e s'alzò sulla punta dei piedi. Nel momento in cui l'oggetto passava dalle sue mani a quelle di lui, sorrise. Era una grande bolla di carta con uno scheletro di fili di ferro paralleli. Tommaso l'appese al gancio già infisso sul soffitto. La lampadina penzolava in fondo a qualche spanna di filo: venne fagocitata dalla bolla.

"Prova ad accendere."

Lei andò verso la porta e azionò l'interruttore con lo sguardo fisso verso l'alto.

"Carina. Una bella luce."

"Bisognerebbe provarla quando fuori è buio. Adesso non si capisce."

"Vedrò stasera. Se non mi piace, posso sempre cambiare la lampadina," commentò, come a mettere in chiaro il seguito della giornata – e della notte.

In quel momento, la stanza emanava una luce pulita di pittura appena stesa.

"Faccio un altro caffè."

"Buona idea."

Tommaso la seguì verso l'angolo della cucina. Senza pensarci, iniziò ad aprire gli sportelli, uno dopo l'altro, non per esplorarne il contenuto ignoto, ma come per fare l'inventario di ciò che manca prima di uscire per la spesa. Alla fine, trovò un pacchetto di biscotti aperto e si servì.

Lei lo guardò con un compiacimento leggermente ironico, ma non disse nulla. Nemmeno quando l'ultimo biscotto finì, e lui appallottolò il sacchetto vuoto prima di gettarlo nel cestino. Non era ancora nemmeno salito il caffè.

Lo bevettero cerimoniosamente, appollaiati sugli sgabelli.

"Grazie," disse lei.

"Figurati," rispose Tommaso, ancora una volta soddisfatto per aver trovato quella formula così neutrale, così infedele a sé. Eppure stava vivendo l'assillo di chinarsi verso di lei, puntando il piede sul pavimento per non dare il giro insieme allo sgabello, e di posare la mano aperta dietro il suo collo, fra i capelli e già sulla schiena, perché così l'aveva sempre sentita. Perché non farlo? Solo per via di tutte le parole dette, delle lacrime e della lontananza? Ma invece di agire e di baciarla, disse quel "figurati" che stemperava tutto.

"Erano buoni i biscotti?"

"Che stronzo sono! Scusa! Scusa! E non te ne ho offerto nemmeno uno! Li ho finiti!"

"Scusa tu. Io ti precetto, tu arrivi subito, e manco ti offro un panino. E poi…"

Tommaso scese dallo sgabello: era opportuno troncare quella sequenza di convenevoli, e comunque aveva finito il suo caffè. Lui lo beveva d'un fiato, come un bicchierino di liquore; lei, con lentezza cadenzata.

Restava ancora il mobiletto a muro del bagno da montare, c'erano due scatoloni da svuotare in paziente attesa accanto alla soglia, ed era meglio fissare la libreria alla parete, perché altrimenti rischiava di dare il giro al primo colpo di vento.

"Non riesco a immaginare un colpo di vento, qui in laguna. Sembra tutto così fermo."

"È pur sempre mare, anche se incastrato fra le case," commentò Tommaso, cercando i tasselli nella cassetta degli attrezzi. Poi, ripensandoci, si disse che era una frase stupida, senza senso.

"Sei stato davvero un tesoro. Una delle prossime sere, quando mi sono ben sistemata, ti invito a cena. E magari anche a dormire."

"Quando incominci a lavorare?"

"Mercoledì, il primo del mese. Non vedo l'ora, ma ho anche un po' paura."

"Paura, tu? È una battuta di spirito o che cosa?"

"Non saprei come chiamarla altrimenti. Forse è paura di affezionarmi troppo in fretta a questa città. Capita, no? E poi non dovrei dirlo a te – anzi, sei proprio l'ultimo a cui dovrei dirlo –, ma forse è anche paura della solitudine. Tornare a casa tua – non in una camera affittata di passaggio – e non sapere a chi raccontare com'è andata la giornata. E poi c'è l'aspetto tecnico, che è per me una sfida vera e propria, una specie di azzardo. Vado e mi butto, insomma. Mi segui?"

"Ti conosco troppo bene per seguire i tuoi ragionamenti. Ho già i miei su di te, e ben radicati."

Tornò un silenzio che fu rimedio per tutt'e due. Contro la rassegnazione e il rimpianto, il timore e l'imbarazzo. Rumore di passi e colpi di martello, legno che scricchiolava contro altro legno, il respiro ormai asciutto delle pareti tinteggiate di bianco, una goccia che cadeva dal rubinetto della cucina.

"È proprio vero che ogni momento trascorso ne esclude un'infinità di altri ancora da trascorrere: non so più dove ho letto questa frase... Il caso è il nostro padrone, altro che Dio. Prova a pensare se non mi avessi telefonato proprio mentre avevo la testa piena dei lavori da fare in casa, pensa."

Tommaso non rispose. La guardò soltanto mentre per l'ennesima volta si raccoglieva i capelli nell'elastico. Era un tormento quel fai e disfa. Erano neri e forti come setole, e anche se tutti li dicevano bellissimi, lei li detestava: per vizio, li tirava e li stringeva, se ne strappava qualche punta e, pensando e ripensando, magari ne arrotolava una ciocca intorno all'indice. La prendeva sopra le tempie, e la faceva diventare un boccolo umidiccio e ispido. Ora le mani si alzarono verso la nuca mentre un fascio di polvere immobile mormorava in controluce, prima che il gesto disegnasse nell'aria una lettera d'alfabeto, forse due, tutto scompigliando. I capelli, l'odore remoto di deserto che chissà perché abitava Venezia in quell'ora nitida, il pulviscolo inerte che precipitò e risalì in mille turbini.

Stretta la crocchia nell'elastico, una mano tornò girando lenta sopra il capo a sfiorare la fronte, forse per svegliare la memoria, forse per addormentarla: come a tendere piano sul viso un velo invisibile. Poi tre dita cercarono quella linea di mezzo che stava fra un lobo e l'altro, ma non proprio in centro, un poco sbieca da una parte. Ancora scendendo, la mano incontrò la tasca della camicia azzurra con il bottone senz'asola sul risvolto. Dentro, un gonfiore leggero, che durante tutte quelle ore, lei aveva scordato, proprio come l'inguaribile asimmetria della fronte.

"To', guarda, m'è rimasto qualcosa in tasca."

A uno a uno, tirò fuori i quattro sacchetti: un telo incolore, di garza tenace e ben cucita, tratteneva una presa di terra quasi grigia. Lei non li aprì, non tirò i fili. Per un momento, osservò i quattro piccoli fagotti sul palmo della mano. La stoffa emanava un ricordo di calore, forse perché era stata a contatto con il suo corpo. Eppure, non era quella la sola impressione. Depositava anche qualcosa sulla pelle, come se pesasse molto più dell'apparenza.

Era il capo di un filo lasciato nell'angolo d'ogni saccoccia, un'ombra di sorriso a fior di labbra.

Era la luce di un albero magico, mille notti d'estate più mille.

Era la nota di un braccialetto che tintinnava a una caviglia, dopo un viaggio molto lungo.

Lei lasciò quei ricordi sul davanzale di pietra, per spalancare la finestra già socchiusa e far uscire l'odore di vernice e legno nuovo. Nulla sembrò arrivare dal cielo, dall'acqua della laguna, dall'aria tersa. Si sporse come a respirare più da vicino. Dall'altra parte del canale, appena smosso da un vaporino ormai lontano, il cartello di benvenuto al Messia sospirava nella brezza. Proprio sotto la lettera di mezzo, lungo una scriminatura quasi perfetta come quella di due tempie su una fronte molto alta, c'era un tavolino: l'asse passava esattamente fra il piatto vuoto di biscotti e il libro aperto.

"Chi è quell'uomo?" domandò.

Ringraziamenti

Grazie, con tutta l'anima e con tutto il cuore, alla famiglia Norsa Vitali Rimini di Mantova: ascoltata la sua storia l'ho fatta diventare anche un po' mia, a misura di romanzo.

Grazie a mia nonna, per quel che ricorda e per quel che si è dimenticata.

Grazie a Ugo Marchetti, badante premuroso e paziente, oltre che formidabile redattore.

Grazie a tutta la meravigliosa squadra Bompiani, come sempre.

Grazie a Marco Vigevani, mia levatrice di sempre per quei figli che sono le parole.

Grazie ai miei figli, perché ci sono.

Indice

Finito di stampare
nel mese di luglio 2004 presso il
Nuovo Istituto Italiano d'Arti Grafiche - Bergamo

Printed in Italy